Wolfgang Seifert

Dahoam is Dahoam

Das Buch zur Serie

Inhalt

Vorwort   4

Einleitung   5

Lansing, ein Stück Bayern   7

Die Lansinger   14

Die Schauspieler und ihre Rollen im Überblick   20

Die Geschichten aus Lansing   66

Das gute »Kirchleitner-Bier«   108

Die Macher von Lansing   112

Vom Fabrikgelände zum Filmdorf Lansing   134

Streifzug durch die bayerische Gesprächskultur   138

Ein »boarischer« Anhang   140

Impressum & Bildnachweis   144

Vorwort

Was ist ein Leben ohne Heimat? Es ist ein Leben, bei dem man nicht weiß, woher man kommt und wohin man geht, ein Leben, das arm bleibt und dem das Herz fehlt. Deshalb sehnen sich so viele Menschen nach einem Ort, an dem sie sich geborgen und zu Hause fühlen. Sie sehnen sich nach einem Ort, an dem sie »Dahoam« sind.

Vielleicht sehnen sie sich nach einem Ort wie Lansing, mit Wirtshaus und Biergarten, Kirche, Dirndlstube, Apotheke und natürlich mit einem Maibaum. In unserem kleinen Fernsehdorf Lansing – 2007 entstanden auf einem verlassenen Fabrikgelände in Dachau bei München – schlägt das Herz unserer bayerischen Daily »Dahoam is Dahoam«. Ein fiktiver Ort gewiss, aber zugleich ein Stück Heimat für Hunderttausende von Zuschauerinnen und Zuschauern in Bayern und in ganz Deutschland. Ein Stück Heimat, in dem es sich gut leben, lieben und manchmal auch leiden lässt, eben wie im richtigen Leben.

Dieses Buch gibt Ihnen einen Einblick in den Alltag und die Seele von »Dahoam is Dahoam«, einer Serie, die das typisch bayerische Lebensgefühl wiedergibt, mit Gelassenheit, Zuversicht, Humor und Wir-Gefühl. Wir erzählen moderne Geschichten über aktuelle Themen, Probleme und Konflikte in Gesellschaft, Familie und zwischenmenschlichen Beziehungen, aber immer mit Herz und dem gewissen bayerischen Etwas! Mit diesem einmaligen Konzept haben wir, das zeigt uns der große Erfolg von »Dahoam is Dahoam«, ganz offensichtlich den Nerv der Zuschauer getroffen.

Was unsere bayerische Daily ausmacht, können Sie auf den folgenden Seiten entdecken. Tauchen Sie ein in dieses kleine, feine Stück bayerischer Lebenswelt. Lernen Sie Lansing und seine Geschichte, lernen Sie seine Bewohner und ihre Geschichten kennen. Genießen Sie, schmunzeln Sie, staunen Sie und fühlen Sie sich »Dahoam«.

Mit herzlichen Grüßen,

Prof. Dr. Gerhard Fuchs,
Fernsehdirektor des Bayerischen Rundfunks

Einleitung

»Dahoam is Dahoam« ist ein völlig neues Format im Bayerischen Fernsehen und etwas ganz Besonderes! Es ist die neue Lust am bayerischen Erzählen. Besuchen Sie Lansing und lernen Sie die Brunners und Kirchleitners, die Ertls und die Preissingers kennen. Und nicht zuletzt Pfarrer Ignaz Neuner, der dafür sorgt, dass die Kirche im Dorf bleibt. Als Fernsehzuschauer fühlt man sich schnell »Dahoam« in Lansing. Die Autoren der Serie sind stets darauf bedacht, alle Generationen zu bedienen. In Lansing werden Familiengeschichten erzählt, die mehr oder weniger überall irgendwann so schon passiert sind. Geschichten, wie sie das Leben schreibt. Und der Zuschauer erkennt vielleicht sogar, dass er manches »Volksstück« aus Lansing ähnlich selbst erlebt hat oder in sich trägt.

Seit dem 8. Oktober 2007 haben viele Fernsehzuschauer von Montag bis Donnerstag um 19.45 Uhr einen festen Termin vor dem Fernseher: Da wird das Bayerische Fernsehen eingeschaltet. 680 000 Zuschauer in Bayern sahen die erste Folge von »Dahoam is Dahoam«, was einem Marktanteil von 17,8 Prozent in Bayern entspricht. Betrachtet man das gesamte Bundesgebiet, waren es 1,12 Millionen Zuschauer. Im August 2008 wurde sogar eine Spitzenquote von 20,9 Prozent erreicht. In Bayern hat sich der Marktanteil mittlerweile bei fast 13 Prozent eingependelt, was in etwa einer halben Million Zuschauern entspricht. Mit den Fernsehzuschauern außerhalb der bayerischen Landesgrenzen locken die Geschichten aus Lansing um die Brunners und die Kirchleitners bis zu einer Million Menschen pro Folge vor den Bildschirm. Ein Erfolg, der für sich spricht! Zunächst waren nur 200 Folgen geplant, aber schon nach den ersten Monaten haben die Verantwortlichen beim Bayerischen Fernsehen beschlossen, weitere 200 Folgen aus Lansing produzieren zu lassen.

»Dahoam is Dahoam« ist eine der beliebtesten Sendungen des Bayerischen Fernsehens, das mit dieser Serie das Lebensgefühl im Freistaat in all seinen Facetten widerspiegelt. Seinem Slogan »Die Welt aus Bayern« getreu, trägt das Bayerische Fernsehen so entscheidend zur Identifikation mit bayerischer Lebensart bei und wird seinem öffentlich-rechtlichen Auftrag in vorbildlicher Weise gerecht. Heimat und Brauchtum gewinnen gerade in der Spannung von Globalisierung und Regionalität, von Tradition und Fortschritt besonders an Bedeutung, und bayerische Lebensart und bayerischer Humor sind nun mal einzigartig und ein echtes Markenzeichen des Landes.

Der Erfolg liegt aber nicht zuletzt auch darin begründet, dass das Leben in der Heimat und der Begriff »daheim«, oder besser »Dahoam«, positiv besetzt wird. Die Schauspieler sind im Laufe der Zeit zu »Lansingern« geworden, und wohl jeder fragt sich manchmal: Ist es nur Fiktion oder doch Wirklichkeit? Für die Fans bleibt die Frage nach der Realität von Lansing und seinen Bewohnern eine »offene Frage«, die sich je nach Standpunkt der eigenen Betrachtung und der eigenen Freude an der Serie anders und immer wieder neu stellt. Aber genau das ist ja das Schöne an den Geschichten aus Lansing!

Wolfgang Seifert, im April 2009

Lansing, ein Stück Bayern

Unberührt von der Hektik der nahe gelegenen Großstadt München liegt das Dorf Lansing inmitten von Feldern, grünen Wiesen und Wäldern. Etwa 50 Kilometer südlich von München, ganz in der Nähe von Baierkofen. Der Ort Wangen liegt nur wenige Kilometer weiter. Lansing ist ein liebenswertes Dorf, das sich seinen Charme erhalten hat.

Was wäre ein oberbayerischer Ort ohne Wirtshaus und Biergarten? Ohne frische Brezn, Weißbier, Leberkäs und Schweinsbraten? Und ohne diesen so schönen bayerischen Dialekt? Für viele nicht typisch und erst recht nicht erstrebenswert.

Der nostalgische Gasthof »Brunnerwirt« bildet neben der Kirche den Ortskern und ist zugleich Lebensmittelpunkt der Wirtsfamilie Brunner.

Das Wohnzimmer der Brauereifamilie Kirchleitner.

Lansing, ein Stück Bayern

Volles Sortiment im Fleischerfachgeschäft, hier gibt es sogar einen Stehimbiss.

Die Metzgerei von Vroni und Max Brunner. Hier erfährt man die neuesten Neuigkeiten.

Die Metzgerei Brunner beliefert den Gasthof Brunner mit frischem Fleisch.

In der Gemeindeverwaltung regiert Bürgermeister Lorenz Schattenhofer zum Wohle seiner Mitbürgerinnen und Mitbürger. Hier war auch die Polizeistation untergebracht.

Sogar eine Tankstelle gibt es in Lansing. Hier schraubt Mike Preissinger mit seinem »Lehrbuam« Florian an seinen Autos und Oldtimern und befüllt die Lansinger Autos mit Sprit. Die Wohnung der Preissingers liegt gleich nebenan im ersten Stock.

Alles, was schön macht: das Kosmetikstudio von Trixi Preissinger.

Die gut sortierte Apotheke von Roland Bamberger steht schräg gegenüber dem Brunnerwirt. Im ersten Stock wohnt der Tierarzt Dr. Wildner.

Lansing, ein Stück Bayern

Die Schneiderei Ertl mit Auslagenschaufenster für die eher modebewussten Lansinger. Egal, ob Dirndl oder Trachtenanzug, hier kann man sich einkleiden.

Im Gemeindesaal finden die gesellschaftlichen Ereignisse in Lansing statt. Hier ist auch das Pfarrbüro untergebracht.

Der Besuch des Gottesdienstes am Sonntag ist für die Lansinger selbstverständlich. Hier steht die Kirche mitten im Dorf.

Der Dorfbrunnen plätschert und bildet das Zentrum des Marktplatzes.

In einer stillen Ecke des Dorfes erinnert das ehrwürdige Denkmal an den Deutsch-Französischen Krieg.

Der Maibaum mit seinem weiß-blauen Anstrich befindet sich in der Mitte des Dorfplatzes.

Lansing, ein Stück Bayern

Lansinger Branchenbuchauszug

Apotheke   Roland Bamberger
Dorfstr. 12   85863 Lansing

Finkenweg 6
85863 Lansing
Tel 08169-5564

...Wo die Gemütlichkeit und
der Genuss zu Hause sind!

Mühlstr. 1
85863 Lansing

Brauereistraße 12
85863 Lansing

Dorfstraße 11A
85863 Lansing

Änderungen, Kurzwaren, Maßanfertigungen

Dorfstr. 10
85863 Lansing

Allerdings gibt es auch ein Lansing außerhalb Bayerns, nämlich im Bundesstaat Michigan in den Vereinigten Staaten von Amerika. Dieses Lansing hat über 110 000 Einwohner und liegt in Ingham County, im südlichen Michigan, an der Mündung des Red Cedar River in den Grand River. Dort ist das Land flach, wenig bewaldet und von Landwirtschaft geprägt. Aber schöner ist es natürlich im oberbayerischen Lansing.

Die Lansinger

Die Wirtsfamilie Brunner

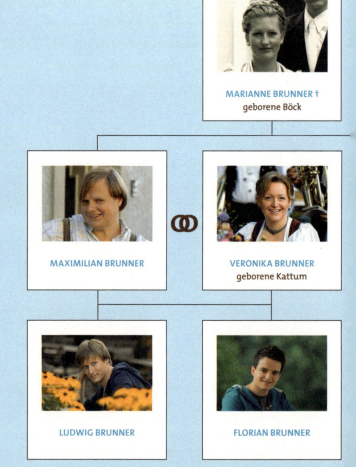

MARIANNE BRUNNER †
geborene Böck

MAXIMILIAN BRUNNER ⚭ **VERONIKA BRUNNER**
geborene Kattum

LUDWIG BRUNNER

FLORIAN BRUNNER

Die Lansinger

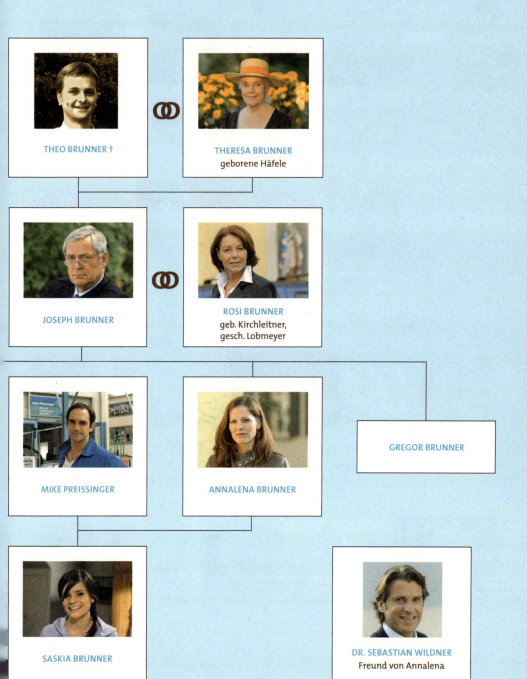

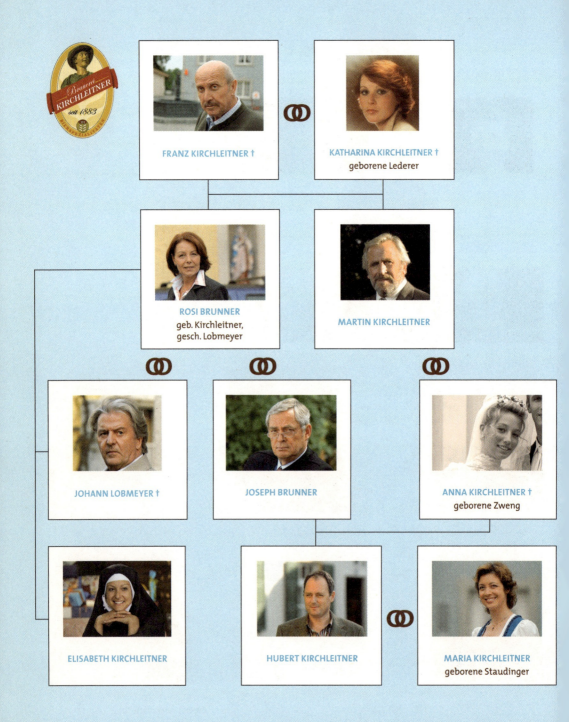

Die Lansinger

Familie Preissinger

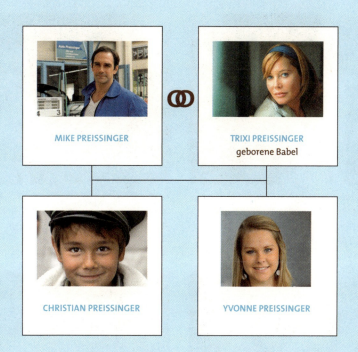

Familie Ertl

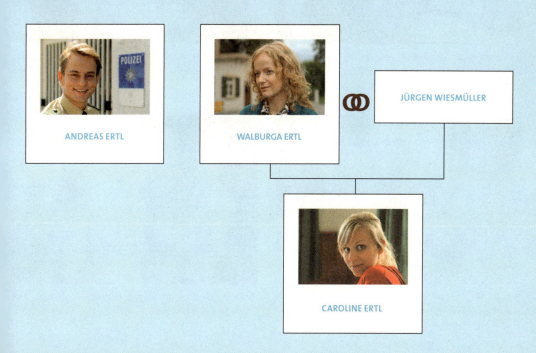

Das Lansinger Ensemble

Martin Wenzl als Ludwig »Wiggerl« Brunner, Michael A. Grimm als Maximilian »Max« Brunner, Senta Auth als Veronika »Vroni« Brunner und Tommy Schwimmer als Florian »Flori« Brunner.

Heidrun Gärtner als Annalena Brunner, Joyce Ilg als Saskia Brunner, Ursula Erber als Theresa Brunner und Wilhelm Manske als Joseph Brunner.

Bernhard Ulrich als Hubert Kirchleitner, Daniela März als Maria Kirchleitner, Brigitte Walbrun als Rosi Brunner und Anton Pointecker als Franz Kirchleitner.

Florian Fischer als Andreas »Anderl« Ertl, Teresa Rizos als Caroline »Caro« Ertl und Pippi Söllner als Walburga »Burgl« Ertl.

Marinus Kaffl als Christian Preissinger, Doreen Dietel als Trixi Preissinger, Harry Blank als Michael »Mike« Preissinger und Alexa Eilers als Yvonne Preissinger.

Herbert Ulrich als Dr. Sebastian Wildner (Tierarzt) mit seiner Tochter Valentina.

Die Lansinger

Werner Rom als Bürgermeister Lorenz Schattenhofer. In dieser Funktion ist er der Repräsentant der Gemeinde Lansing.

Michael Schreiner als Xaver. Sein Chef ist der Bürgermeister und Landwirt Schattenhofer.

Peter Rappenglück als Pfarrer Ignaz Neuner. Er ist für die Pfarrei Lansing zuständig.

Horst Kummeth als Apotheker Roland Bamberger, hier vor seiner Apotheke.

Die Lansinger Stammtischrunde mit Xaver, Lorenz Schattenhofer, Roland Bamberger und Ignaz Neuner.

Hermann Giefer als Martin Kirchleitner. Der Bruder von Rosi Kirchleitner kehrte in seine Heimat zurück.

Die Schauspieler und ihre Rollen im Überblick

Ursula Erber	Theresa Brunner
Wilhelm Manske	Joseph Brunner
Michael A. Grimm	Maximilian »Max« Brunner
Senta Auth	Veronika »Vroni« Brunner
Heidrun Gärtner	Annalena Brunner
Martin Wenzl	Ludwig »Wiggerl« Brunner
Tommy Schwimmer	Florian »Flori« Brunner
Joyce Ilg	Saskia Brunner
Anton Pointecker †	Franz Kirchleitner
Brigitte Walbrun	Rosi Brunner, geborene Kirchleitner
Bernhard Ulrich	Hubert Kirchleitner
Daniela März	Maria Kirchleitner
Hermann Giefer	Martin Kirchleitner
Pippi Söllner	Walburga »Burgl« Ertl
Florian Fischer	Andreas »Anderl« Ertl
Teresa Rizos	Caroline »Caro« Ertl
Harry Blank	Michael »Mike« Preissinger
Doreen Dietel	Beatrix »Trixi« Preissinger
Alexa Eilers	Yvonne Preissinger
Marinus Kaffl	Christian Preissinger
Peter Rappenglück	Ignaz Neuner, Pfarrer
Horst Kummeth	Roland Bamberger, Apotheker
Werner Rom	Lorenz Schattenhofer, Bürgermeister
Michael Schreiner	Xaver
Herbert Ulrich	Dr. Sebastian Wildner
Peter Amsl	Gemeinderat Martin Brehm
Berrit Arnold	Brigitte Enz
Johanna Baumann	Gustl Prammesberger, Oma Gusti
Christiane Blumhoff	Helga Bamberger, Mutter von Roland Bamberger
Markus Böker	Ralf Bäumler
Markus H. Eberhard	Glockenwirt
Karl Friedrich	Wolferl Maracek

Die Schauspieler und ihre Rollen im Überblick

Werner Haindl	Johann Lobmeyer
Rudi Huber	Gemeinderat Zöttl
Patrick Jahns	Tom Stadlbauer
Günther Kaufmann	Tourist Ted Schmidt aus Lansing, USA
Rukia Kazungu	Kendra Madiko, Pflegekind bei Kirchleitners
Stephanie Kellner	Elisabeth Kirchleitner
Julia Küllinger	Nicole Götz, Exfreundin von Dr. Sebastian Wildner
Rudolf Peischl	Gemeinderat Wilhelm Rabenbauer
Silke Popp	Uschi Guggenmoser
Henner Quest	Bürgermeister Karl Kurz
Christine Reimer	Landfrau Monika Vogl
Lilly Reulein	Valentina Götz, Tochter von Sebastian Wildner
Marion Schneider	Renée Weber, Polizistin
Hans Georg »Katsche« Schwarzenbeck	als er selbst
Michael Schwarzmaier	Sternekoch Berzlmaier
Philipp Sonntag	Landrat
Heinrich Stadler	Herr Stadler, Lagerleiter in der Brauerei Kirchleitner
Marianne Myriam Stein	Landfrau Luisa
Alina Stiegler	Sophia Stadlbauer
Nina Szeterlak	Laura Munzinger, Freundin von Florian
Sebahat Ünal	Ayse Kesoglu, Putzfrau bei Kirchleitners
Luisa Wietzorek	Daniela von der Heide, Freundin von Saskia
Anna Zhara	Romina Muskowicza

Ursula Erber ist Theresa Brunner

*5. April 1934 in München

Als »Stehaufmanderl« kümmert sich Theresa Brunner selbstlos um die Familie, den Gasthof und auch um zahlreiche Dorfangelegenheiten. Bei vielen Lansingern ist die Witwe wegen ihrer scharfen Zunge als »Giftwurz« gefürchtet. Bei ihren Enkeln und Urenkeln zeigt die »Uri« aber ihr weiches Herz. Und so mancher lustige Streich ist dann auf ihrem Mist gewachsen.

Ursula Erber lebt bei München und hat nach eigenen Angaben in ihrem Leben jede Art von Theater an den verschiedensten Häusern in ganz Deutschland und in anderen Ländern gespielt. Dazu zählen – neben einem Gastspiel am Broadway – das Bayerische Staatsschauspiel München, das Deutsche Schauspielhaus Hamburg, das Hessische Staatstheater Wiesbaden sowie das Alte Schauspielhaus Stuttgart. Ursula Erber, die ihre Schauspielausbildung an der renommierten Otto-Falckenberg-Schule in München erhielt, ist auch aufgrund vieler Theatertourneen zweifellos die erfahrenste Akteurin am Set.

Mit der Übernahme der Rolle als Brunnerwirtin kehrt Ursula Erber, die einer bekannten Münchner Künstlerfamilie entstammt, gewissermaßen in den bayerischen Heimathafen zurück. Leider bleibt ihr, wie den anderen Schauspielern auch, kaum Zeit für andere Rollen, denn das Daily-Format erfordert eine hohe Präsenz. Doch die Disziplin, die ihr der Lansinger Gasthof »Brunnerwirt« abverlangt, ist für sie selbstverständlich und auch notwendig, sagt Ursula Erber. Dabei schätzt sie besonders die gute Atmosphäre am Set und die gelebte Kollegialität.

Die Schauspieler und ihre Rollen im Überblick

Filmografie, Auszug
Die Rosenheim-Cops (2007)
München 7 (2006)
Es geht auch anders (2001)
Dr. Stefan Frank (2001)
Der große Lauschangriff (2000)

Theaterrollen der letzten Zeit, Auszug
Der 40er – Sorry I'm late
Ich denke oft an Piroschka
Die schwarze Spinne
Brandner Kaspar

Von links nach rechts:

Die Wirtin und der Brauer.

An Theos Grab wird gemeinsam getrauert.

»Mir Brunner Frauen müssen zamhoitn«.

Für »Vertrauliches« hat Pfarrer Neuner immer Zeit.

Wilhelm Manske ist Joseph Brunner

*3. März 1951 in Passau

Joseph Brunner ist der Sohn der alten Brunnerwirtin Theresa Brunner. Wie seine Mutter ist auch er verwitwet. Und zunächst sehr zum Leidwesen seiner Mutter verliebt sich Joseph ausgerechnet in die Rosi – die Tochter der verfeindeten Familie Kirchleitner. Joseph ist die Seele des Wirtshauses, liebt die Arbeit und ist einfach ein Pfundskerl. Den ewigen Streitereien zwischen seiner Mutter Theres und Franz Kirchleitner ist er schon lange überdrüssig. Durch die Hochzeit von Joseph und Rosi herrscht erst einmal Waffenstillstand in der Familienfehde.

Wilhelm Manske absolvierte seine Schauspielausbildung von 1985 bis 1988 an der Theaterakademie Ulm. Daraufhin spielte er in Marburg, Salzburg und München Theater. Im Fernsehen ist Manske in zahlreichen Produktionen aufgetreten. Einem breiteren Publikum wurde er 1998 als Bauer Max Berger in der ZDF-Serie »Forsthaus Falkenau« bekannt, den er seitdem spielt. Er war auch in der Sat.1-Telenovela »Verliebt in Berlin« in der Rolle des Friedrich Seidel zu sehen.

In »Daoham is Dahoam« verkörpert er den ruhigen, besonnenen Brunnerwirt. Und genau so ist er auch am Set: Seine professionelle Gelassenheit ist ansteckend und macht ihn beliebt. Wilhelm Manske lebt in Murnau am Staffelsee und geht nie ohne seinen Buddha aus dem Haus. Zwischen dem »Texte lernen« nimmt er sich Zeit für seine Hobbys Lesen und Meditieren, verrät er.

Von links nach rechts:

Joseph Brunner feiert seinen 60. Geburtstag.

Die späte Liebe: Joseph und Rosi.

Joseph Brunner lässt sich nicht alles gefallen.

Die Schauspieler und ihre Rollen im Überblick

Filmografie, Auszug
Der Bulle von Tölz (2006)
Verliebt in Berlin (2005–2007)
Wolffs Revier (2003)
Der Wunschbaum (2003)
Rosa Roth (2003)

Berlin, Berlin (2002)
Polizeiruf 110 (2002)
Tatort (2001)
Die Rosenheim-Cops (2000)
Der Kardinal – Der Preis der Liebe (2000)
Schindlers Liste (1993)

Michael A. Grimm ist Max Brunner

*20. Juli 1970 in München

Max Brunner ist Metzger aus Leidenschaft und ein eher gemütlicher Zeitgenosse. Von seiner Ehefrau Veronika wird er deswegen liebevoll »Bummerl« genannt. Ihm ist ein friedliches Familienleben wichtig. Wenn es ihm allerdings zu bunt wird und seine Söhne über die Stränge schlagen, überrascht er mit Temperamentsausbrüchen.

Der Schauspieler Michael Alexander Grimm absolvierte an der Bayerischen Theaterakademie August Everding eine Ausbildung zum Schauspieler. Anschließend folgten erste Jahre am Theater. Von 1997 bis 2001 gehörte er zum Ensemble des Bayerischen Staatsschauspiels, bis 2004 stand er auf der Bühne des Hessischen Staatstheaters in Kassel.

Wenn es seine Zeit erlaubt, spielt der Schauspieler mehrere Instrumente und praktiziert fernöstliche Sportarten wie die japanische Schwertkampfkunst Iaido, in denen er geschult ist.

Der Lansinger »Bummerl« wurde zu einem viel beschäftigten Schauspieler. Seit Mitte der Neunzigerjahre spielt er regelmäßig in Film- und Fernsehproduktionen mit. Ein großer Erfolg für ihn war 2006 seine Rolle in Marcus H. Rosenmüllers Kinokomödie »Schwere Jungs«.

Von links nach rechts:

Die Lansinger Männer beim Schafkopfen.

Max Brunner mit seinen beiden Söhnen.

In der Metzgerei hat nur »einer« was zu sagen.

Ein strenger, aber auch ein gütiger Vater.

Die Schauspieler und ihre Rollen im Überblick

Filmografie, Auszug
Rosenheim-Cops (seit 2008)
Forsthaus Falkenau (2004–2007)
Tatort und Polizeiruf (1999–2007)
Schwere Jungs (2006)
Lindenstraße (2003–2005)
Merry Christmas (2004)
Der Bulle von Tölz (1999/2000)

Theaterrollen, Auszug
Hexenjagd, Schauspiel Frankfurt (2006–2009)
Der Untertan, Staatstheater Kassel (2002–2004)
Faust, Staatstheater Kassel (2001–2004)
Die Kleinbürgerhochzeit, Residenztheater München (2000–2001)

Senta Auth ist Veronika Brunner

*9. August 1974 in München

Die Vroni steht Tag für Tag in der Metzgerei und hilft auch noch in der Wirtschaft mit. Dabei nimmt die geschäftstüchtige Metzgersgattin kein Blatt vor den Mund. Das fleißige »Zwieferl«, wie sie von ihrem Mann Max genannt wird, erteilt zwischen Schweinskopf und Pressack gern folgenden Ratschlag: Die Frau müsse dem Mann das Gefühl geben, dass er stark sei, dass er die Hosen anhabe und gebraucht werde, egal, wie sehr sich das mit der Wirklichkeit decke, dann sei alles gut.

Ihre Ausbildung erhielt Senta Auth von 1997 bis 2000 bei Schauspiel München. Zudem spielt sie seit ihrer Jugend Theater. Ihr TV-Debüt gab sie in »Bei aller Liebe« 1998. Weitere TV-Rollen folgten, so spielte sie ab 2004 durchgehend die Rolle der Wirtin Rosi in der Serie »Die Rosenheim-Cops« und wirkte u.a. in den TV-Komödien »Deutschmänner« und »La dolce Rita« mit. 2007 drehte sie an der Seite von Weltstar Michael York den internationalen Kinofilm »Mika und Alfred«. Daneben spielt Senta Auth auch Theater. Seit dem 8. Oktober 2007 verkörpert sie in Lansing die Veronika Brunner.

Senta Auth lernt ihre Texte zu Hause und rezitiert schon mal unter der Dusche. Sie mag die Arbeit für »Dahoam is Dahoam«, weil Lansing für sie einen besonderen Charme hat. Das Highlight war für sie die Folge mit dem Fußballspiel Lansing gegen Wangen, als sie das entscheidende Tor für Lansing schoss. Senta Auth spielt gern Fußball. Kein Wunder, denn auch am Set ist sie ein Teamspieler.

Die Schauspieler und ihre Rollen im Überblick

Filmografie, Auszug
Die Rosenheim-Cops (seit 2004)
Marienhof (2007)
SOKO 5113 (2006)
Eine Liebe am Gardasee (2006)
Tatort: Das verlorene Kind (2006)
Um Himmels Willen (2005)
Deutschmänner (2005)
Der Bergpfarrer (2005)
La dolce Rita (2003)
Die Rote Meile (2000)

Von links nach rechts: Bayerisch Kochen ist Vronis große Leidenschaft. • Schwiegermutter und Schwiegertochter. • Der Familienrat. In der Küche werden meist die großen Probleme besprochen. • Im Zweifel hat die fleißige Vroni immer recht.

Heidrun Gärtner ist Annalena Brunner

*26. Juli 1965 in Sindelfingen

Eigentlich sollte es nur ein kurzer Besuch zum 60. Geburtstag ihres Vaters sein, doch Annalena und ihre Tochter Saskia sind in Lansing geblieben. Auch das Geheimnis um den Vater ihrer Tochter, der Grund, warum sie vor 19 Jahren das Dorf Hals über Kopf verlassen hat, ist mittlerweile gelüftet. Ehrgeizig und energisch packt Annalena im Brunnerwirt mit an. Privat hat sie ihr Glück mit Tierarzt Sebastian gefunden.

Heidrun Gärtner absolvierte ihr Schauspielstudium an der Hochschule für Darstellende Kunst in Graz, wo sie nach ihrem Abschluss auch als Lehrerin tätig war. Einem breiten Publikum bekannt wurde Heidrun Gärnter durch die Serie »Hallo Onkel Doc«. Neben diesem und anderen Engagements für Film und Fernsehen stand sie auch immer wieder auf der Bühne, u.a. am Staatstheater Braunschweig, sowie in Konstanz und Ulm.

Wenn Heidrun Gärtner ins Auto steigt, um nach Lansing zu fahren, beginnt die allmähliche Verwandlung zur Annalena. Ein Prozess, der spätestens mit dem Verlassen der Maske abgeschlossen ist. Sie ist eine überzeugte Lansingerin geworden, auch weil die Geschichten aus dem beliebten bayerischen Fernsehdorf eine ganz besondere Qualität haben. Der schnelle Wechsel, den das rasante Tempo der Produktion mit sich bringt, entspricht ihrem Temperament und ist für Heidrun deshalb kein Problem.

»Ich habe noch gut in Erinnerung, wie alles begann«, erzählt die gebürtige Schwäbin strahlend. Sie war mit ihrem kleinen Sohn gerade am Flughafen, als die Nachricht kam, dass sie die Annalena spielen werde. Freudig überrascht musste sie sich erst einmal einen Moment auf den Boden setzen, derweil ihr Söhnchen mit dem Trolley munter weiter trottete.

Auch nach mehr als 300 Folgen schlüpft Heidrun Gärtner noch immer gerne in die Haut der Annalena Brunner und die Fans spüren das. In ihrem durch das große Drehpensum stark veränderten Alltag spielen Babysitter und Laptop eine große Rolle.

Die Schauspieler und ihre Rollen im Überblick

Filmografie, Auszug
Stadt, Land, Mord (2006)
Die Rosenheim-Cops (2006)
Berlin, Berlin (2002)
Neues vom Bülowbogen (2000)
Ein Fall für zwei (1998)

Von links nach rechts:

Jetzt hat Joseph Brunner endlich seine Tochter wieder.

Abschiede fallen immer schwer.

Annalena bringt frischen Wind in den Brunnerwirt.

Martin Wenzl ist Ludwig Brunner

*16. August 1984 in Passau

Wiggerl ist der verantwortungsbewusste, ruhigere Sohn der Brunners. Wirbel in sein Leben hat seine erste große Liebe Caro gebracht. Für sie würde er alles tun. Nach dem Abitur hat er sich für einen Zivildienst in Lansing entschieden und engagiert sich sozial im Dorf. Seinem kleinen Bruder Flori hilft er so manches Mal aus der Patsche.

Martin Wenzl hat sich mit seinem Alter Ego Ludwig Brunner von Anfang an gut anfreunden können. Wie der Wiggerl ist der junge Schauspieler auf dem Land aufgewachsen und versteht Leben und Umfeld seiner Figur deshalb gut. Allerdings gesellt sich bei ihm zu Wiggerls Ernsthaftigkeit und Strebsamkeit viel Sinn für guten Humor und Spaß an der Freud.

An seiner Arbeit bei »Dahoam is Dahoam« liebt Martin Wenzl besonders die Momente, bei denen er während der Aufnahme spürt, dass diese Szene besonders gut wird. »Vor allem da, wo wir unsere Zuschauer nicht nur unterhalten, sondern wirklich berühren wollen, ist mir das extrem wichtig.« Die Szene beispielsweise, in der sich Caro und Ludwig zum ersten Mal küssen, ist ihm ganz besonders im Gedächtnis geblieben. »In diesem Moment waren Teresa und ich voll konzentriert und es gab eine nicht alltägliche Durchlässigkeit zwischen uns.« Das Team, das den beiden beim Spielen zusah, wurde immer stiller und am Ende der Szene sprach minutenlang keiner ein Wort. »Das war ein toller Moment für Teresa und mich.«

Martin Wenzl, der aus Niederbayern stammt, steht zu seiner Heimat und dem bayerischen Dialekt: »Nur wenn ich weiß, wer ich bin, kann ich andere verstehen. Heimat ist für mich nicht nur örtlich zu verstehen, sondern vor allem die Suche nach einem selbst.«

Von links nach rechts:

Wiggerl kauft das Bier bei den Preissingers.

Der brave Ludwig hilft auch bei »Essen Dahoam«.

Ludwig ist mit Caros Annäherungsversuchen zunächst überfordert.

Die Schauspieler und ihre Rollen im Überblick

Filmografie, Auszug
Beste Gegend (2007)
Beste Zeit (2006)

Tommy Schwimmer ist Florian Brunner

*25. Oktober 1988 in Vilsbiburg

Florian Brunner ist der »Lausbua« im Hause Brunner und will nicht so richtig erwachsen werden. Er interessiert sich ganz im Gegensatz zu seinem Bruder Ludwig überhaupt nicht für die Schule. Doch auch als Aushilfe im elterlichen Metzgerbetrieb ist die Arbeit kein Vergnügen, vor allem dann nicht, wenn die Eltern aus pädagogischen Gründen streng und unnachgiebig sind. Flori schraubt lieber an den Autos in der Preissinger-Werkstatt. Dort macht er eine Ausbildung zum Kfz-Mechatroniker.

Tommy Schwimmer hat in relativ jungen Jahren angefangen, als Schauspieler zu arbeiten. So war er bereits im »Komödienstadl« und im »Bullen von Tölz« zu sehen.

Spätestens beim »Bitte« des Regisseurs kurz vor Drehbeginn am Set wird er mit Haut und Haaren zum Florian Brunner. Den Text lernt er relativ leicht, nicht weil er so »gescheit« ist, wie er sagt, sondern weil ihm die Rolle einfach liegt.

»In der Figur des Florian steckt viel mehr Tommy Schwimmer drin, als man meint«, sagt er grinsend.

Der Fantag war für ihn ein echtes Erlebnis. Achtzig von ihm signierte Autogrammkarten, die er in Händen hielt, waren in anderthalb Minuten weg. »Eine Wahnsinnserfahrung, die keiner von uns gekannt hat – jedenfalls nicht in diesem Maße«, staunt er noch jetzt. Eine größere Bestätigung von den Zuschauern kann man nicht bekommen.

Einer der schönsten Drehs war für ihn die Szene, in der er mit seinem Filmvater Max Brunner bei den Hochzeitsvorbereitungen mit dem Lieferwagen mitten auf einer sehr wenig befahrenen Landstraße liegen bleibt.

Die Schauspieler und ihre Rollen im Überblick

Filmografie, Auszug
Die Welle (2007)
Beste Gegend (2007)
Beste Zeit (2006)
Komödienstadl: Weiberwallfahrt (2006)
Lotta in Love (2006)
Die Wolke (2005)
Unter Verdacht (2001–2004)

Von links nach rechts:

Florian geht Mike in der Werkstatt eifrig zur Hand.

Flori schwänzt im Gegensatz zu seinem Bruder Ludwig die Schule.

Katastrophe! Florian hat mit einer heißen Pfanne Theresas geliebten Tisch verbrannt.

Joyce Ilg ist Saskia Brunner

*12. Oktober 1983 in Köln

Saskia ist die Tochter von Annalena Brunner. Sie ist in Frankfurt aufgewachsen, findet sich aber schnell in das Dorfgeschehen von Lansing ein. Dort erfährt sie auch, wer ihr wirklicher Vater ist. Nach einem Ausflug ins Schneidergewerbe möchte sie nun Tierärztin werden und macht ein Praktikum bei Sebastian. In Caro Ertl findet sie eine beste Freundin, und Saskia bedauert es nicht, nach Lansing gezogen zu sein.

Die für Joyce Ilg bislang größte Herausforderung bei »Dahoam is Dahoam« waren die Szenen, in denen sie als Saskia erfährt, wer ihr wirklicher Vater ist, nämlich Mike Preissinger. »Das war beim Spielen schon ein sehr emotionales Erlebnis«, erinnert sich die junge Schauspielerin.

Während der Woche lebt Joyce Ilg in München, nur am Wochenende ist sie bei ihrer Familie in Köln. Sie hat sich in die Rolle eingelebt und kennt Saskia Brunner mittlerweile so gut, dass das »Umswitchen« von Joyce zu Saskia schon ganz automatisch geht. Seit sie in Lansing dabei ist, haben sich auch unter den Kollegen Freundschaften gebildet. Neben den Dreharbeiten studiert Joyce Ilg Fototechnik und lebt ihre zweite Leidenschaft – das Fotografieren – an ihren Kollegen aus.

Von links nach rechts:

Die »Neubürger« Lansings, Saskia mit ihrer Mutter Annalena.

Saskia spricht mit ihrer Uri auf einem Jägerhochsitz. So überschaut man viele Probleme und kommt gemeinsam auf Lösungen.

Die Schauspieler und ihre Rollen im Überblick

Filmografie, Auszug
Alarm für Cobra 11 (2008)
Ayuda (2007)
Alles was zählt (2007)
Der Lehrer (2007)
Unter Uns (2005)

Von links nach rechts:

Vater und Tochter finden nach langer Zeit zueinander.

Eine Überraschungsparty zu Saskias 18. Geburtstag im Brunnerwirt.

Anton Pointecker ist Franz Kirchleitner

*16. April 1938 in Wildenau (Oberösterreich) † 8. Juli 2008

Das Oberhaupt der Familie Kirchleitner setzt meistens seinen Sturschädel durch. Der alte Hackstock, wie sein Enkel Hubert ihn oft nennt, ist auch Chef der traditionsreichen Brauerei Kirchleitner. Als Brauereibesitzer und Patriarch hat der alteingesessene Unternehmer und Familienvater in allen wesentlichen Fragen, die Lansing und die Familie betreffen, das letzte Wort. Doch ab und zu kommt unter der harten Schale des alten Grantlers sein weiches Herz zum Vorschein.

Geboren wurde Anton Pointecker im oberösterreichischen Wildenau. Pointecker absolvierte nach einer Schreinerlehre eine Schauspielausbildung am Anton-Bruckner-Konservatorium in Linz. Nach einigen Auftritten am Salzburger Landestheater gehörte er den Theaterensembles von Ulm und Nürnberg an. Er gastierte bei den Salzburger Festspielen, wo er unter der Regie von Otto Schenk und Rudolf Noelte auf der Bühne stand. Neben Verpflichtungen am Münchner Volkstheater und dem Theater in der Josefstadt war er an der Komödie am Bayerischen Hof in München engagiert.

Größere Bekanntheit errang Anton Pointecker als Fernsehschauspieler. Er wirkte in zahlreichen Krimireihen mit und war in vielen Unterhaltungsserien und Fernsehfilmen zu sehen. Auch Fernsehdramen wie der 2001 entstandene Film über die Lebensgeschichte von Vera Brühne gehörten zu seinem Repertoire. In den letzten Jahren sah man ihn häufig in Mundartrollen und Fernsehproduktionen mit bayerischem Flair. Bei

»Dahoam is Dahoam« gab er 180 Folgen den unvergleichlichen Franz Kirchleitner und avancierte von dem in Schwaben lebenden Österreicher zum »Vorzeige-Bayern«. Sein 70. Geburtstag wurde am Lansing-Set groß gefeiert. Pointecker wurde von allen als sehr angenehmer Kollege geschätzt und galt als unkomplizierter Arbeiter. Einmal hat er alle Schauspieler, die zur Familie Kirchleitner gehörten, zum Essen eingeladen, privat versteht sich. Er liebte seine Filmfamilie und genoss es sichtlich, alle um sich zu haben.

Sein Motto war: »Ein perfekter Tag ist ein erfolgreicher Arbeitstag.«

In der Serie spielte er einen guten Braumeister, und so ließ er es sich nicht nehmen, in einer Folge einen »Hirschen« (ein großes Bierfass) selbst anzuzapfen. Kein Tropfen ging daneben. Auch das konnte Anton Pointecker.

Anton Pointecker war ein im ganzen Team sehr beliebter Schauspieler, und sein Tod riss eine große Lücke. Schon im Vorfeld nahmen alle die größtmögliche Rücksicht auf seinen immer

Die Schauspieler und ihre Rollen im Überblick

schlechter werdenden Gesundheitszustand. Seine letzten Auftritte waren anrührende, bewegende Szenen, in denen es um seine Sorge um Rosi ging und um den Abschied. Einer seiner letzten Sätze in der Serie lautete: »I glab, Hubert, jetzt brauchst mi nimmer.« Anrührend deshalb, weil die Zuschauer ja wussten, dass Anton Pointecker zwischenzeitlich verstorben war.

Anton Pointecker hat vielen Episoden seinen ganz persönlichen Stempel aufgedrückt, in denen er den sturköpfigen und bärbeißigen Franz Kirchleitner herauskehren konnte und auch sehr menschliche Züge gegenüber den jungen Leuten zeigte. Für viele war der Auftritt von Franz Kirchleitner immer ein Highlight in der Serie. Anton Pointecker hat durch seine schauspielerischen Leistungen die ersten 180 Folgen maßgeblich mitgeprägt. Die Nachricht von seinem Tod erfüllte das ganze Team mit aufrichtiger Trauer. Anton Pointecker starb an den Folgen einer Krebserkrankung. In seiner Heimatgemeinde Aspach fand er die letzte Ruhestätte.

Filmografie, Auszug
Weißblaue Wintergeschichten (2005)
Alpenglühen (2003/2004)
Tatort (1995–2003)
Forsthaus Falkenau (1999)
Schlosshotel Orth (1998)

»Da geht's lang, Burgamoaster.« Franz Kirchleitner erklärt dem Schattenhofer, wie die Dinge laufen sollen.

Brigitte Walbrun ist Rosi Brunner, geborene Kirchleitner

*22. September 1954 in München

Die Geschäftsführerin der Brauerei Kirchleitner geht als starke Frau mit Herz durchs Leben. Rosi, geborene Kirchleitner, hat als Tochter von Franz ihren eigenen Kopf. Ihren zweiten Frühling erlebt sie mit Joseph Brunner, anfangs sogar gegen den Willen ihres Vaters. Ihren Neffen Hubert hat sie nach dem Tod seiner Mutter und dem Verschwinden seines Vaters Martin wie ihr leibliches Kind großgezogen. Als ihr Bruder Martin nach 40 Jahren plötzlich nach Lansing zurückkehrt, bringt er ihr Leben gehörig durcheinander.

Brigitte Walbrun erinnert sich noch ganz genau an das erste Schauspielertreffen in einem Münchner Lokal: »Die Dreharbeiten hatten noch nicht begonnen, keiner wusste genau, wer zu wem gehört und trotzdem haben sich alle familienweise zusammengefunden und -gesetzt.« Dieses familiäre Gefühl, das von Anfang an da war, macht für die gebürtige Münchnerin die Arbeit an der Serie besonders schön. Bei einigen Kolleginnen hat sich aus dem Arbeitsverhältnis eine tiefe Freundschaft entwickelt, »das finde ich wunderbar.«

Beim Fantag, an dem rund 12 000 Besucher Lansing stürmten, hat Brigitte Walbrun intensiv erlebt, was die Lansinger den Menschen wohl bedeuten müssen. »Das Bad in der Menge war zwar

Die Schauspieler und ihre Rollen im Überblick

Filmografie, Auszug
Rosamunde Pilcher:
Amacing Grace (2005)
Komödienstadl
(2002/2003/2004)
Der Bulle von Tölz (1997)
Café Meineid (1997)
Verbotene Liebe
(1994/1995)

Von links nach rechts:

Das Brautpaar, es lebe hoch!

Es ist nicht immer leicht, den Kirchleitner Franz zum Vater zu haben.

Eine romantische Fahrt mit dem Pferdeschlitten.

brutal heiß,« sagt sie augenzwinkernd, »aber es war auch ein überwältigendes Erlebnis«. Dass die versierte Theater- und Filmschauspielerin auch beim Einkaufen im Supermarkt immer öfter als Rosi Kirchleitner angesprochen wird, stört sie nicht. »Mir zeigt der Zuspruch der Menschen, dass unsere Geschichten den Zuschauern Freude bereiten«, sagt die Brigitte »Gitti« Walbrun und lächelt ihr Grübchenlächeln.

Brigitte Walbrun hat ihre künstlerische Laufbahn beim ZDF als Tänzerin begonnen, danach ins Musicalfach gewechselt und hat u.a. in Basel, Klagenfurt, München, Berlin, Lübeck, Ulm und Bern Theater gespielt.

Bernhard Ulrich ist Hubert Kirchleitner

*23. April 1967 in München

Hubert ist der Enkel von Franz Kirchleitner und wurde von Rosi, seiner Tante und Ziehmutter, großgezogen. Als Kirchleitner-Enkel wird Hubert den Erwartungen seines Großvaters nicht immer gerecht. Dabei ist Hubert als charmanter Vertriebsleiter der Brauerei Kirchleitner in seinem Element. Er liebt seine Frau Maria über alles und wird von ihr liebevoll Hubsi genannt.

Seine Schauspielausbildung machte Bernhard Ulrich an der Berufsfachschule Schauspiel in München. Er war schon bei vielen Fernsehproduktionen dabei, und es sind die ihm auf den Leib geschriebenen Lansinger Geschichten des täglichen Lebens, die ihm bei diesem Engagement besonders viel Spaß machen. »Schon bei der Einfahrt ins Drehgelände werde ich zum Hubert«, sagt er, »das fängt im Auto an.«

Bernhard Ulrich bereitet sich gründlich auf seine Rolle vor. Manchmal ist sein Text im Drehbuch im schönsten Hochdeutsch geschrieben, doch so kann er als Hubert Kirchleitner natürlich nicht sprechen. Also muss er den Text in sein Bayerisch übersetzen. »Doch der typisch bayerische Ausdruck fällt einem auch nicht immer gleich ein«, erzählt Bernhard Ulrich. Oft hat etwas im Dialekt Gesagtes viel mehr Authentizität, Gewicht oder Bedeutung als das in Hochdeutsch geschriebene Wort, und das ist für die Figuren und die Geschichten einfach wichtig.

So steht zum Beispiel in einem von Bernhard Ulrichs Drehbüchern der Satz: »Du bist und bleibst undurchschaubar.« Das muss er aber auf Bayerisch sagen, erklärt er, und das ist nicht immer so einfach, denn für das Wort »undurchschaubar« gibt es keine direkte Entsprechung. Hier muss also ein anderer Ausdruck gefunden werden. Bernhard Ulrichs Lösung für diesen Fall lautete: »Du bist hinterkümpftig«. Oder in Ulrichs Drehbuch steht: »Das ist eine ganz üble Firma«. Für die »Übersetzung« dieses hochdeutschen Satzes hat »Herzkäfer Maria« Daniela März eine zündende bayerische Idee. Daraus wurde: »Des is a hoibseidne Gradlerfirma.«

Die Schauspieler und ihre Rollen im Überblick

Filmografie, Auszug
Unter Verdacht (2006/2007)
Marienhof (2001/2004/2007)
Alles außer Sex (2006)
Lotta in Love (2006)
Welcome to Estonia (2003)

Theaterrollen, Auszug
Tartuffe in Hof (2000)
Hedda Gabler (2006–2007)
Michael Kohlhaas (2006–2007)

Theater, Auszug
Komödie im Bayerischen Hof
Komödie am Max II
Theater am Kurfürstendamm

Von links nach rechts:

Golfen ist die große Leidenschaft Huberts.

Vertriebsleiter Hubert Kirchleitner kann es dem alten Hackstock oft nicht recht machen.

Hubsi liebt seine Maria über alles.

Daniela März ist Maria Kirchleitner

*04. März 1971 in Tegernsee

Maria schickt der Himmel. Als Mesnerin ist sie die gute Seele von Pfarrer Neuner und des Dorfes sowie als fürsorgliches Familienmitglied stets um den Haussegen der Kirchleitners bemüht. Sie hält immer zu ihrem Ehemann Hubert und stärkt ihm den Rücken. Gemeinsam wünschen sie sich nichts sehnlicher als ein Kind.

Auch Daniela März musste zu Beginn der ersten Staffel Wochenendschichten schieben, um die große Menge an Text zu bewältigen, die auf alle Kollegen hereinbrach. »Inzwischen«, so die Tegernseerin, die in London die Schauspielschule besuchte und von 1999 bis 2005 im Festengagement an der Landesbühne Sachsen-Anhalt war, »ist der Hirnmuskel so weit trainiert, dass die hohen Stapel an Drehbüchern mich nicht mehr schrecken können«. Wie ihre Kollegen ist sie längst in ihre Rolle hineingewachsen und fühlt sich mit Maria pudelwohl. Und weil sie am schönen Tegernsee aufgewachsen ist, kennt sie sich auch mit dem Bayerischen bestens aus.

Daniela März empfindet die Arbeit in Lansing als sehr angenehm – alles läuft dort höchst professionell ab. Und wenn es trotzdem mal vorkommt, dass sich z. B. der Zeitplan verschiebt, nimmt die nette Maria Kirchleitner es leicht: »Des pack ma scho«. Denn dann ergibt sich Zeit für einen kurzen Ratsch mit ihrer »Zweitfamilie«, die ihr inzwischen sehr ans Herz gewachsen ist.

Von links nach rechts:

Im Büro von Pfarrer Neuner ist Maria Kirchleitner eine unverzichtbare Stütze. Sie schafft im größten Papierchaos die Ordnung und stellt sogar Blumen auf den Schreibtisch des Pfarrers.

Maria und ihr Hubsi halten fest zusammen. Sie sind die jungen Kirchleitners.

Die Bekanntschaft mit dem Religionslehrer war nur eine vorübergehende Episode. Schnell hat Maria zu ihrem Mann zurückgefunden.

Die Schauspieler und ihre Rollen im Überblick

Filmografie, Auszug
Der Yalu fließt (2008, Erstausstrahlung im Bayerischen Fernsehen voraussichtlich im Herbst 2009)

Theaterrollen, Auszug
Nora in »Ein Puppenheim« von Henrik Ibsen
Titelrolle in »Kameliendame« von Alexandre Dumas d. J.
Klytaimnestra in »Elektra« von Sophokles
2001 Publikumspreis als beliebteste Schauspielerin an der Landesbühne Sachsen-Anhalt

Hermann Giefer ist Martin Kirchleitner

*1. März 1947 in Koblenz

Martin Kirchleitner verlor seine Ehefrau Anna Kirchleitner nach der Geburt »seines Sohnes« Hubert. Auf ihrem Sterbebett teilte Anna Martin noch ein Geheimnis mit, das diesen veranlasste, Lansing zu verlassen und nach Amerika zu gehen. »Seinen Sohn« Hubert ließ er zurück. In Amerika heiratete er erneut, doch die Ehe ging schief, und 40 Jahre nach seiner Flucht aus Lansing zieht es ihn wieder in die alte Heimat zurück – was weder für ihn noch für die anderen Familienmitglieder der Kirchleitners leicht ist.

Nach seiner Schul- und Berufsausbildung kam Hermann Giefer als Gebirgsjäger nach Mittenwald. Und dort verliebte er sich nicht nur in die wunderschöne Gegend, wie er sagt. Er selbst bezeichnet sich als passionierten Naturfreund und versuchte sich noch in einigen anderen Berufen, bis er 1976 privaten Schauspielunterricht nahm. Durch seine Rolle in der Serie »Forsthaus Falkenau« wurde er einem breiten Fernsehpublikum bekannt. 2008 hat er dann die Rolle des Martin Kirchleitner in Lansing übernommen.

»Ich habe schon nach relativ kurzer Zeit gemerkt, dass ich den richtigen Entschluss gefasst habe«, sagt Hermann Giefer. »Nicht nur wegen der netten Kolleginnen und Kollegen, von denen mir viele schon seit Jahren vertraut sind, und der professionellen Arbeitsatmosphäre, sondern vor allem, weil das ganze Drumherum, trotz des harten Arbeitspensums, eine große Menschlichkeit hat.«

»Ich habe das Glück, dass ich Text sehr schnell lerne, vor allem wenn mir ein Buch gefällt«, sagt er, »Ich drehe ja nach wie vor beim ›Forsthaus Falkenau‹.« Da spielt er die Rolle des Waldarbeiters Hermann Koller, und als er dort kürzlich gefragt wurde, wie es denn eigentlich so sei bei »Dahoam is Dahoam«, konnte er nur voller Überzeugung antworten, dass er sich in Lansing »sauwohl« fühle.

Neben Film und Fernsehen ist Hermann Giefer auch auf der Bühne präsent. Zeitweise war er Ensemblemitglied von Peter Steiners Theaterstadl und spielte im Komödienstadl mit. In Mittenwald gründete er ein eigenes Freilichttheater. Und bei den Karl-May-Festspielen in Bad Segeberg spielte er als Old Shatterhand an der Seite von Winnetou, dargestellt von Pierre Brice.

Von links nach rechts:

Martin Kirchleitner bringt allerhand Unruhe nach Lansing.

Als Hubert den unvermuteten Gast sieht, gerät er außer Rand und Band.

Die Schauspieler und ihre Rollen im Überblick

Filmografie, Auszug
SOKO 5113 (2003)
Der Bulle von Tölz (1998)
Dr. Monika Lindt (1998)
Kurklinik Rosenau (1994)
Der Bergdoktor (1993)
Im Schatten der Gipfel (1992)
Forsthaus Falkenau (seit 1989)
Diverse Komödienstadl

Theater, Auszug
Chiemgauer Volkstheater
Volkstheater am Stiglmeierplatz
Kleine Komödie am Max II in München

Pippi Söllner ist Walburga Ertl

*4. Dezember 1970 in München

Liebevoll nennt man sie Burgl, und genauso liebevoll ist sie selbst in allen Dingen. Einfach hatte Walburga Ertl es im Leben nicht. Als ihre Eltern starben, zog sie ihren Bruder Anderl allein groß, und früh wurde sie selbst Mutter. Ihre Tochter Caroline Ertl wuchs ohne Vater auf. Im Laufe der Zeit baute sich Burgl mit einer Schneiderei, in der sie hochwertige Dirndl näht, eine eigene Existenz auf. Sie entdeckte erst ihre Liebe zu Apotheker Roland Bamberger und dann zur Oper.

Ihr Filmdebüt gab Pippi Söllner 1997 in »Danny und Britta«. Außerdem spielte sie in Serien mit wie »Herz und Handschellen«, »Die Rosenheim-Cops« und »Um Himmels Willen«. Im Kino verkörperte sie Fabis Mutter in »Die Wilden Kerle« neben Uwe Ochsenknecht. Seit dem Start von »Dahoam is Dahoam« ist sie die fleißige, rotblonde Schneiderin Burgl.

Filmografie, Auszug
Um Himmels Willen (2006)
Herz und Handschellen (2003)
Die Rosenheim-Cops (2003)
Die Wilden Kerle (2003)

Die fesche Burgl mit ihrem Apotheker.

Die emsige Schneiderin Burgl mit ihrer Tochter Caro.

Die Schauspieler und ihre Rollen im Überblick

Florian Fischer ist Andreas Ertl
*31. August 1978

In Lansing sorgt der Polizist Anderl für Recht und Ordnung, ist aber durch mangelnde Delikte chronisch unterfordert. Seine Bemühungen, beruflich endlich aufzusteigen, enden mit einer Versetzung nach München, für die er Lansing verlassen muss. Doch zum Glück ist Lansing ja nicht weit weg von München.

Nach dem Abitur übernahm Florian Fischer Gastrollen in verschiedenen Serien und spielte Theater. Dabei war er auch an mehreren Hörspielen des Bayerischen Rundfunks beteiligt. Seine erste Rolle spielte er in der ARD-Serie »Aus heiterem Himmel«. Er verkörperte bis zu seiner Versetzung den Freund und Helfer in Lansing.

Oben: Die sympathische Polizei: Andreas Ertl mit seiner norddeutschen Kollegin Renée Weber.

Unten: Die wachen Augen des Gesetzes sind in Lansing überall.

Filmografie, Auszug
Die Rosenheim-Cops (2008)
Der Alte (2008)
Der Bulle von Tölz (2006)
Forsthaus Falkenau (2005/2007)
SOKO 5113 (2005)
Tatort (1999)

Teresa Rizos ist Caroline Ertl

*12. Juli 1986 in München

Caro ist fest in ihrer Heimat Lansing verwurzelt. In ihrer offenen und direkten Art bezeichnet sie sich gerne selbst augenzwinkernd als »Landei«. Als aufgewecktes, junges Madl hat sie sich trotz ihrer »Zeiserl«-Stimme für eine Lehre in der Brauerei entschieden. Ihr Herz schlägt für ihre erste große Liebe Ludwig. Mit ihm schmiedet sie Zukunftspläne.

Teresa Rizos ist in München aufgewachsen und hat daher den bayerischen Dialekt von Haus aus im Ohr, auch wenn bei ihr »dahoam« Hochdeutsch gesprochen wird. Teresas Zweisprachigkeit hat einen besonderen Grund: Schon als Kind war sie ein Fan von Karl Valentin. Passend zu ihren Hobbies »Singen, Summen, Jodeln und Trällern« absolviert Teresa neben den Dreharbeiten eine klassische Gesangsausbildung.

Zu den schönsten Momenten in Lansing zählt sie, wenn sich am Ende einer Szene das Gefühl einstellt, zusammen mit den Spielpartnern alles herausgeholt zu haben. Diese Ambitionen teilt sie mit Martin Wenzl »und so gesehen sind wir zwei wirklich ein Traumpaar – aber eben nur vor der Kamera ...«

Als junge Schauspielerin ist sie froh, dass sie den leider verstorbenen Anton Pointecker noch kennenlernen und mit ihm arbeiten durfte. »Das war eine schöne und wertvolle Erfahrung«. Dass sie vom »alten Kirchleitner« als eine Art Wunschenkelin in die Geheimnisse des Bierbrauens eingeweiht wurde, zeigt sich, wenn man sie nach der Rezeptur fürs »Kirchleitner-Madl« fragt. »Die verrat ich doch nicht! Nicht einmal dem Wiggerl. Nur so viel: Es schmeckt wie Manna.«

Die Schauspieler und ihre Rollen im Überblick

Filmografie, Auszug
Preußens Gloria (2008)
Eine wie einer (2007)
Das wilde Leben (2006)

Von links nach rechts:

Ludwig und Caro, eine junge Liebe beginnt.

Drei ist einer zu viel, Caro muntert ihre Freundin Saskia wieder auf.

Rosi führt Caro durch die Brauerei. Dort macht sie eine Ausbildung.

Harry Blank ist Mike Preissinger

***17. September 1968 in Aichach**

Mike Preissinger liebt Oldtimer, aber noch mehr seine Frau Trixi und seine Kinder. Er kümmert sich liebevoll um seine Familie – auch um seine uneheliche Tochter Saskia. Seine Kfz-Werkstatt und die Tankstelle laufen mal besser und mal schlechter, sodass das Geld im Hause Preissinger meistens ein bisschen knapp ist. Trotzdem verbreitet der attraktive Mike auf seine unkomplizierte Art immer wieder gute Stimmung. Für die Probleme seines neuen Kumpels Sebastian hat er stets ein offenes Ohr.

Harry Blank und Peter Rappenglück im Gespräch mit dem Autor Wolfgang Seifert.

Die Schauspieler und ihre Rollen im Überblick

»Das Verhältnis unter den Schauspielern am Lansing-Set ist sehr gut«, sagt Harry Blank. »Hier akzeptiert jeder den anderen und hat Achtung vor seiner Arbeit.« Der gebürtige Aichacher weiß, wovon er spricht, denn er hat in fast 20 Jahren als Schauspieler auch schon Anderes erlebt. Den Erfolg der Serie erklärt er sich damit, dass in Lansing mehrere Generationen vertreten sind und die Leute im Dorf echt und ehrlich miteinander umgehen, dann aber auch wieder mit viel Herz und Respekt.

Er wurde als Interpret des Titelsongs »Dahoam is Dahoam« ausgewählt. In diesem Titelsong heißt es an einer Stelle: »... is ma jung, dann will ma fort von hier, doch des hob i ois schon hinter mia, i geh nie mehr fort, »Dahoam is Dahoam« ...« Der Zufall will es, dass Harry Blank tatsächlich im Alter von 19 Jahren zum Studieren und Leben nach Amerika ging und jetzt wieder heimgekehrt ist und wie er sagt: »So kitschig das klingen mag, aber dieses ›zurück zu den Wurzeln‹ hat sich für mich wirklich bewahrheitet.«

Harry Blank im Blaumann, das ist in Lansing und Umgebung der charmante Autoschrauber, der immer für alle ein offenes Ohr hat. Und der Schauspieler scheint mit seiner Rolle sehr verwachsen zu sein. Als er neulich seinem privaten Auto unfreiwillig eine kleine Schramme verpasst hatte, fuhr er stracks vor seine Filmwerkstatt, »borgte« sich von »Mike« das Werkzeug und reparierte seinen Schaden einfach gleich selbst.

Filmografie, Auszug
Kommissarin Lucas (2008)
Der Tag, an dem ich meinen toten Mann traf (2008)
Stadt, Land, Mord (2005–2007)
Soko 5113 (2005)
Klinik unter Palmen (2002)
Weißblaue Geschichten (2002)
Die Versuchung (1998)

Theaterrollen, Auszug
Viel Lärm um nichts (1999)
Ein Sommernachtstraum (1993)

Doreen Dietel ist Trixi Preissinger

*4. Oktober 1974 in Zeulenroda

Die ehemalige »Miss Bavaria« ist eine waschechte Glamour-Queen. Mit ihrem Hang zu Mode und Make-up eröffnet sie in Lansing ein eigenes Kosmetikstudio. Das gibt ihr die Gelegenheit, mit den Kundinnen den neuesten Dorftratsch auszutauschen. Für ihr Umfeld hat sie stets einen guten Rat zur Hand – manchmal auch ungefragt –, und das zu fast allen Themen.

In ihre Rolle kommt Doreen Dietel hinein, sobald sie das Kostümzimmer betritt. Schon während sie ihr Kostüm sucht, spricht sie laut vor sich hin: »Wo ist denn die Trixi? Ja, da hängt sie ja.«

Aufgewachsen ist Doreen Dietel in Trünzig mit Eltern, Bruder und Großeltern. Sie absolvierte die in der ehemaligen DDR übliche zehnjährige Schulausbildung. Kurz vor der Wende erhielten ihre Eltern einen positiven Bescheid auf den Ausreiseantrag aus der DDR, den sie acht Jahre zuvor gestellt hatten. So konnten sie vier Wochen vor dem Mauerfall ausreisen. Nach mehreren Zwischenstationen kam sie 1989 mit ihren Eltern nach Deggendorf, wo sie eine Lehre zur Einzelhandelskauffrau für Musikinstrumente absolvierte. Dann war sie für einige Zeit in Regensburg Tagesmutter. Nebenher hat sie in Gaststätten bedient, um das notwendige Geld für die Schauspielschule zu verdienen. Anschließend zog sie nach München, wo sie ihre Schauspielausbildung am Schauspiel München absolvierte. Sie spielte bereits während der Ausbildung mit Uschi Glas im TV-Film »Heimlicher Tanz« und »Sylvia – Eine Klasse für sich« (1998)

Filmografie, Auszug
Prinzessin (2006)
Bei aller Liebe (2003)
Großglocknerliebe (2002)
Der Pfundskerl (2000)
Heimlicher Tanz (1999)
Tatort (1999)
Sylvia – Eine Klasse für sich (1998)

Die Schauspieler und ihre Rollen im Überblick

Mit Ottfried Fischer ermittelte sie als Reporterin Claudia Reuter in zwei Folgen der Reihe »Der Pfundskerl«. 2003 spielte Doreen Dietel in der Serie »Bei aller Liebe« mit. Die Schauspielerin trat außerdem in zahlreichen TV-Produktionen auf, so als Katharina in »Der Bergpfarrer«, als Ella in »Problemzone Schwiegereltern« und als Iris in »Tote Hose«. Sie spielte in Verfilmungen nach Rosamunde Pilcher und Inga Lindström und war auch in mehreren Kinostreifen zu sehen. In der deutschen Ausgabe des »Playboy« vom Juni 2007 war Doreen Dietel mit einer freizügigen Fotostrecke vertreten und zierte auch die Titelseite des Magazins.

Privat ist Doreen Dietel leidenschaftliche Motorradfahrerin, einer bayerischen Marke versteht sich. Die Dreharbeiten machen ihr extrem viel Spaß, besonders dann, wenn ab und zu ein bisschen improvisiert werden darf.

Von links nach rechts: Auch bei den Landfrauen ist Trixi aktiv. • Treu steht sie zu ihrem Mann Mike. • Gerne unterstützt sie ihre Freundinnen mit gutem Rat.

Peter Rappenglück ist Ignaz Neuner

*3. Januar 1962 in Garmisch-Partenkirchen

Ignaz Neuner ist der hochwürdige Pfarrer in Lansing. Er hat immer ein Auge auf die Gerechtigkeit im Ort und muss hin und wieder durch einen Bibelspruch oder ein Zitat aus dem Evangelium christliche Werte vermitteln. Doch ohne die Mesnerin Maria Kirchleitner scheint Pfarrer Neuner aufgeschmissen zu sein. Gott sei Dank sorgt Maria im Pfarrbüro für Ordnung.

Peter Rappenglück spielt oft den urwüchsigen Bayern. Schon wenn er in die Pfarrerkluft steigt, ist er in Lansing angekommen. »Mit dem bayerischen Fach tu ich mir einfach leicht«, erzählt er. »Pfarrer sein, das ist schon praktisch«, findet er, da könnte er doch gleich bei sich selbst als Pfarrer Neuner beichten ... »Aber wer nicht sündigt, muss auch nicht beichten«, fügt er schmunzelnd hinzu. Im Privaten lässt Peter Rappenglück mit Sprüchen wie »leben und leben lassen« durchblicken, dass er durchaus auch selbst die Charakterzüge eines Seelsorgers in sich trägt.

Von oben nach unten:

Theresa erleichtert ihr Gewissen im Beichtstuhl.

Pfarrer Neuner hält Zwiesprache mit ganz oben.

Die Schauspieler und ihre Rollen im Überblick

Filmografie, Auszug
Die Rebellin (2008)
Der Alte (2008)
Zur Sache Lena (2007)
Um Himmels Willen (2005)
Apollonia (2004)
Edel & Stark (2001–2004)
Tatort (1996)

Theaterrollen, Auszug
Out of Rosenheim, Musical (2005–2006)
Die Bernauerin (2000)

Von oben nach unten:

Manchmal muss er seinen Schäfchen den richtigen Weg weisen.

Wenn es sein muss, auch mit dem nötigen Nachdruck.

Horst Kummeth ist Roland Bamberger

*27. Dezember 1956 in Forchheim

Der liebenswerte Apotheker aus Franken ist ein echter Vereinsmeier in Lansing. Kaum einer engagiert sich mit so viel Herzblut für Lansing wie der »zuagroaste« Franke Roland Bamberger: Er leitet die Blaskapelle, ist im Schützenverein und bei der freiwilligen Feuerwehr. Mit seiner Apotheke steht er den Lansingern nicht nur in gesundheitlichen Fragen mit Rat und Tat zur Seite. Er ist ein sportlicher Naturbursche, kennt sich mit Pflanzen und Heilkräutern aus und genießt das bayerische Voralpenland auf seinem Mountainbike. Seine Beziehung mit Burgl Ertl ist aufgrund ihrer beruflichen Karriere gescheitert.

Neben seiner Arbeit als Schauspieler hat Horst Kummeth zusammen mit seiner Ehefrau Eva Kummeth in den letzten 25 Jahren über 80 Fernsehdrehbücher geschrieben, und gelegentlich führt er auch Regie. Auf die Frage, wann er zum Roland Bamberger wird, antwortet er mit jugendlichem Grinsen: »Ich bin nie so ganz NICHT Roland Bamberger, ich komm aus diesem Typ, den ich da spiele, nie völlig raus.« Horst Kummeth hat sich richtig eingelebt in Lansing. Für ihn fühlt sich nach über 300 Folgen eigentlich alles echt an. »Wir trinken hier, wir essen hier, wir haben unsere Set-Wohnstuben«, erzählt er. Der Wohnbereich der Ertls ist für ihn das gemütlichste Set. Dort ist Horst Kummeth so gern, dass man ihn mitunter auch während Drehpausen dort finden kann. Dann sitzt er einfach da, alleine mitten in seiner Kulisse, um sich Ruhe zu gönnen. Das sind die Zeiten, in denen er fühlt, »das hier ist auch mein Zuhause«.

So führt er quasi ein Parallel-Leben. Vier Tage die Woche wird gedreht, und am Samstag und Sonntag lernt Kummeth seine Texte. Den Roland

Unordnung in seiner Apotheke kann Roland Bamberger nicht dulden.

Die Schauspieler und ihre Rollen im Überblick

Bamberger hat der Schauspielprofi von Anfang an ernst genommen. »Ich bastele für jede meiner Figuren eine eigene Biografie,« verrät Horst Kummeth, der den emotionalen Zugang zu seinen Rollen bevorzugt: »Wenn ich Leid empfinde in einer Szene, dann ist es auch wirklich so.« Auch ein Moment der Verliebtheit entsteht auf diese Weise und wirkt so authentischer. »Es geht in unserem Beruf nicht darum, auf Abruf eine bestimmte Mimik zu erzeugen, sondern darum, ein Gefühl erzeugen zu können. Ich mach des jetzt seit 32 Jahr so«, sagt er mit seinem fränkischem Unterton.

Das Arbeitspensum bei »Dahoam is Dahoam« schlaucht ihn wie alle anderen auch, aber weil alle und alles ineinandergreift »haben wir eine tolle Grundstimmung im Ensemble und das und die Zustimmung der Fans erhält den Spaß an der Arbeit.« Der Fantag mit 12 000 Besuchern war für ihn wie eine Liebeserklärung der Fans an seine Arbeit und an alle Lansinger. »Die Menschen sind auf der Suche nach Leidenschaft, und ich darf ein leidenschaftliches Leben leben, denn als Schauspieler ist man aus dem Sandkasten nie ganz raus«, sagt er.

Filmografie, Auszug
Die Rebellin (2009)
Der Bulle von Tölz (2004)
Unser Charlie (2004)
Für alle Fälle Stefanie (2003)
Die Rosenheim-Cops (3 Jahre)
Wildbach (1993–1997)
Forstinspektor Buchholz (1989–1990)
Hans im Glück (1986)

Theater, Auszug
Gaslicht, Komödie im Bayerischen Hof (1999–2000)
Der Wittiber, Münchner Volkstheater (1986)
2 Jahre Ensemblemitglied am Residenz Theater

Drehbuchautor, Auszug
Mein Nachbar, sein Dackel, und ich (Sendetermin 13. Oktober 2009)
Liebe hat Vorfahrt (2006)
In aller Freundschaft (Konzept und die ersten sechs Folgen, 1998)
Anna Maria – Eine Frau geht ihren Weg, Pilot und 13 Folgen (1994–1997)
Ich liebe eine Hure (1995)

Werner Rom ist Lorenz Schattenhofer

*1. Januar 1946 in Dorfen

Lorenz Schattenhofer ist ein typischer Bürgermeister. In seiner Tätigkeit ist er stets bemüht und windet sich mit Tricks und einer gelegentlich fragwürdigen Politik durch so manches Problem. Ab und an auch so, dass die Dinge zu seinen persönlichen Gunsten laufen.

Werner Rom schlüpft am liebsten in Rollen, die seiner Vision des Menschendarstellers am nächsten kommen. Er ist einer, der die Dinge spüren, erfahren will. Während seiner Arbeit führt er oft Lebenssituationen herbei, die ihm bei der Darstellung der Charaktere helfen. Er ist ein echter bayerischer Volksschauspieler, und bei ihm spürt man tatsächlich eine Art von Erdung. Volksschauspieler wie er wirken in ihren Rollen nie aufgesetzt, sondern identifizieren sich in hohem Grad mit ihrer Figur. So achtet Werner Rom in seinen Rollen stets besonders auf die ihn betreffenden Requisiten und auch Drehbuchzusammenhänge sind ihm wichtig. Alles soll so gut und authentisch wie möglich wirken.

In die Rolle des Bürgermeisters Schattenhofer hat er sich vollständig eingefunden. Im Vergleich zum Anfang der Serie ist jetzt alles viel homogener geworden, sagt er. Sein Sprechvorbild ist Fritz Straßner, der auch in Rollen, in denen er Hochdeutsch sprach, immer irgendwie Bayerisch geklungen hat. Der Ton machte es eben.

Als Werner Rom neulich den Bürgermeister seines Wohnorts traf, fragte der ihn: »Was spuist denn grad?« Und wie aus der Pistole geschossen entgegnete der schlagfertige Werner Rom: »Na di hoit!« Der verdutzte Bürgermeister brauchte einige Sekunden, bis er sich wieder gefasst hatte.

Als Sympathieträger der Serie hat er auch die Möglichkeit, Aspekte eines Bürgermeister-Daseins zu spielen, die in der Öffentlichkeit nicht gern wahrgenommen werden. Manche der Geschichten sind natürlich etwas überzeichnet, aber bei genauerem Hinschauen sind sie nicht immer ganz abwegig.

Für Werner Rom ist es gerade das Schöne an »Dahoam is Dahoam«, dass hier immer wieder der Blick durch den weiß-blauen, »boarischen« Himmel möglich ist.

Seine Vita ist lang, sehr lang und zeigt schnell auf, dass er einer unserer bayerischen Volksschauspieler ist.

Die Schauspieler und ihre Rollen im Überblick

Filmografie, Auszug
Rosenheim-Cops (2006)
Zwei am großen See (2004)
Café Meineid (2002)
Die Scheinheiligen (2001)
Einmal leben (2000)
Der Bulle von Tölz (1997)
Löwengrube (1988–1992)
Schafkopfrennen (1986)
Rumplhanni (1981)
Der Ruepp (1979)

Theaterrollen, Auszug
Theo Berger – Bruchstücke (2006)
Brandner Kaspar (1989)

Von links nach rechts:

Der Bürgermeister holt sich geistlichen Rat.

Um was es hier wohl wieder geht?

Die Landfrauen lassen sich von Bürgermeister Schattenhofer nicht für dumm verkaufen.

Michael Schreiner ist Xaver

*20. Januar 1950 in München

Xaver, von dem keiner weiß, wo er herkommt, arbeitet als Knecht auf dem Bauernhof von Bürgermeister Schattenhofer und bekommt beim Brunnerwirt seine Essensration. Man kann ihn als eine Art Philosoph betrachten, seine Kommentare haben meistens Hand und Fuß. Mit »Frau Gregor« ist er häufig in Lansing unterwegs.

Michael Schreiner begann bereits als 16-Jähriger mit der Ausbildung an der Schauspielschule München. Er lebt in München. Neben seiner Film- und Theaterarbeit verbringt er seine Freizeit gerne mit Bogenschießen. Auch für eine Bergwanderung ist er immer zu haben.

Der Schauspieler entspannt sich aber auch gerne zu Hause in seiner Hängematte bei seinem Baumhaus, wenn das Wetter es zulässt. Michael Schreiner freut sich über seine Rolle, weil sie so geheimnisvoll ist. Sie macht ihn auch zu einem sehr liebenswerten Kollegen in Lansing.

Von links nach rechts:

Xaver ist die rechte Hand auf dem Bauernhof von Lorenz Schattenhofer.

Traurige richtet er wieder auf.

Mit Frau Gregor ist Xaver oft in Lansing unterwegs.

»Essen Dahoam«! Xaver hilft Ludwig Brunner beim Ausfahren der Mittagessen für die älteren Bewohner Lansings.

Die Schauspieler und ihre Rollen im Überblick

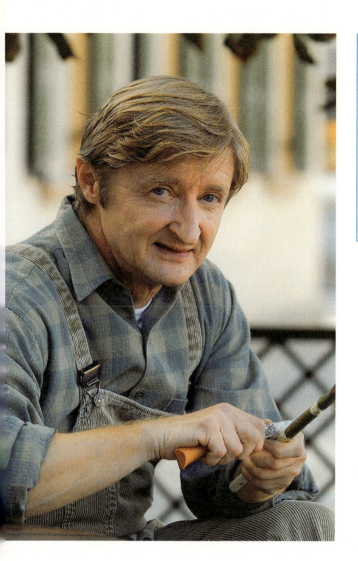

Filmografie, Auszug
Räuber Kneißl (2008)
Die Rosenheim-Cops (2007)
Der Bulle von Tölz (2005)

Theaterrollen, Auszug
Elling, Theater am Kurfürstendamm
Tod eines Handlungsreisenden
Diener zweier Herren

Herbert Ulrich ist Dr. Sebastian Wildner

*24. Juli 1971 in Starnberg

Der attraktive Tierarzt Dr. Sebastian Wildner bringt neuen Wind nach Lansing. Seitdem er nach seinem Auftritt als »Leibarzt« von Eisbär Flocke nach Lansing gekommen ist, ist nicht nur Saskia von dem Tierarzt angetan. Auch Theresa Brunner findet den »Viechdoktor« ganz fesch. Und Annalena ist hin und weg, ihr Herz hat er mit seinem kernigen Charme im Sturm erobert. Seine kleine Tochter Valentina möchte er gerne öfter sehen, doch seine Exfreundin Nicole macht ihm das nicht leicht.

Herbert Ulrich ist in Inning am Ammersee aufgewachsen und absolvierte seine Ausbildung im Münchner Schauspielstudio. Seine Karriere begann mit Episodenrollen in so erfolgreichen TV-Formaten wie »SOKO 5113«, »Die Rosenheim-Cops« und »Hallo Robbie!«. Bekannt wurde er dem Publikum jedoch vor allem durch seine Präsenz in der Serie »Verbotene Liebe«, in der er seit 2002 den Anwalt Lars Schneider spielte. Mit dem koreanischen Film »Join Security Area« war er im Wettbewerb bei der Berlinale 2001.

Herbert Ulrich hat eine kleine Tochter, die bei ihrer Mutter in München lebt, treibt gern Sport und freut sich sehr darüber, dass er jetzt endlich einmal auf Bayerisch spielen kann. Denn seit der Folge 136 ist Herbert Ulrich in »Dahoam is Dahoam« der Tierarzt Dr. Sebastian Wildner.

In der Lansinger Dorfgemeinschaft fühlt er sich richtig wohl. »Wenn man neu ist, muss man erst mal reinkommen. Und da haben mir alle sehr geholfen. Es ist einfach ein unglaublich nettes und liebevolles Team«, versichert er.

Die Schauspieler und ihre Rollen im Überblick

Filmografie, Auszug
Die Rosenheim-Cops (2006)
Hallo Robbie! (2005)
Verbotene Liebe (2002–2004)
SOKO 5113 (2001)

Von links nach rechts:

Für alle tierärztlichen Fragen zuständig: der neue Tierarzt in Lansing.

Sebastian erklärt Annalena, dass er dringend zu einem kranken Tier bei einem Bauern fahren muss.

Der sympathische Tierarzt eroberte das Herz von Annalena im Sturm.

Die Überraschung ist ihm gelungen. Annalena bekommt ein Pferd geschenkt.

Die Geschichten aus Lansing

Die meisten Geschichten aus Lansing scheinen sich irgendwo und irgendwann so oder so ähnlich schon einmal zugetragen zu haben. Dem Autorenteam dieser Fernsehserie ist es tatsächlich gelungen, Geschichten zu erfinden, wie das Leben sie schreibt, auf das Format einer TV-Serie zugeschnitten und komprimiert, aber höchst lebendig erzählt.

Folge 1: Die Geburtstagsüberraschung

Beim Brunnerwirt in Lansing herrscht Hochbetrieb: Joseph Brunner, Familienoberhaupt und Chef des Gasthofs, feiert seinen 60. Geburtstag. An der Seite seiner resoluten Mutter Theresa hört er dem Ständchen der Blaskapelle zu und nimmt die Glückwünsche der Lansinger entgegen. Sogar die Kirchleitners, seit vielen Jahren verfeindet mit den Brunners, sind unter den Gratulanten. Während Bürgermeister Schattenhofer zu einer Rede auf den Jubilar ansetzt, erreicht den Lansinger Autowerkstattbetreiber Michael Preissinger ein Notruf: Kurz vor Lansing ist ein Pkw mit Motorschaden liegen geblieben. Keiner der Festgäste ahnt, dass dort auf der Landstraße der Mensch steht, den Joseph Brunner an seinem Ehrentag am meisten herbeisehnt und doch am wenigsten erwartet.

Folge 2: In Lansing

Annalenas Überraschungsbesuch löst sehr unterschiedliche Gefühle aus. Joseph freut sich genauso wie sein Sohn Max, der die Schwester in all den Jahren kaum gesehen hat. Theresa, die Matriarchin der Brunners, reagiert eingeschnappt. Sie kann der Enkelin nicht verzeihen,

Die Geschichten aus Lansing

dass sie vor 17 Jahren Lansing verlassen und nicht einmal ihr gesagt hat, von wem das Kind ist, das sie erwartet. Und Veronika, Max' Frau und Schwiegertochter des Brunnerwirts, sieht durch Annalenas plötzliches Auftauchen ihre ehrgeizigen Pläne gefährdet, eines Tages selbst Chefin im Gasthof zu sein. Kaum haben sich die Frauen am Morgen nach der überraschenden Ankunft ein wenig beschnuppert, kommt es zu Unstimmigkeiten zwischen Theresa, Annalena und Veronika. Ärger gibt es auch bei den Kirchleitners: Hubert, Enkel des Patriarchen Franz und Vertriebsleiter der Brauerei versteht es allzu gut, Geschäftliches und Privates unter einen Hut zu bringen. Besonders, wenn es sich um weibliche Geschäftspartner handelt.

Folge 3: Verlängertes Wochenende

Annalena begegnet im Dorf einigen alten Bekannten, unter ihnen Hubert Kirchleitner. Dass aus der Verlobung der beiden damals nichts geworden ist, hält ihn ganz und gar nicht davon

ab, ihr den Hof zu machen. Seiner beunruhigten Frau Maria erzählt Hubert, er selbst habe Annalena vor Jahren einen Korb gegeben. Maria geht der Sache nach. Und tatsächlich gibt es noch eine ganz andere Version dieser alten Geschichte. Neue Bekanntschaften macht Annalenas Tochter Saskia: Ihre Cousins Ludwig und Florian interessieren sich sehr für die Städterin, Florian schwänzt ihretwegen sogar die Schule und zeigt ihr Lansings Umgebung bei einer Mofa-Landpartie. Ein Anruf aus der Schule lässt die beiden auffliegen und gibt Veronika Brunner Gelegenheit, ihr Lieblingsthema anzuschneiden, dass nämlich diese beiden Frankfurterinnen wirklich nur Unglück bringen. Das sehen zum Glück einige Familienmitglieder ganz anders.

Folge 4: Das Kreuz mit dem Kreuz

Die Flucht aus Lansing scheint Annalena die einzige Möglichkeit, weiteren Streitigkeiten aus dem Weg zu gehen. Auch Saskia sehnt sich, nach Veronikas Rüffel, sehr nach Frankfurt. Doch plötzlich hat nicht einmal mehr Veronika Zeit,

sich über irgendetwas aufzuregen: Joseph und Max haben sich von Bürgermeister Schattenhofer überreden lassen, sehr kurzfristig ein Bankett im benachbarten Baierkofen zu bestücken, und plötzlich hat beim Brunnerwirt jeder alle Hände voll zu tun. Ehe Saskia widersprechen kann, wird auch ihr von Großmutter Theresa eine Schürze umgebunden. Veronika führt Regie und genießt es, die Nichte schuften zu lassen, obwohl ihr deren zupackende und geschickte Art schnell unheimlich wird. Joseph Brunner nutzt das geschäftige Treiben, um mit Annalena endlich einmal allein sein zu können. Zum ersten Mal reden Vater und Tochter über die Gründe für Annalenas Flucht aus Lansing vor 17 Jahren.

Folge 5: Die Bitte

Veronika hat sich den Ischiasnerv eingeklemmt und fällt komplett aus. Die Familie steht Kopf. Wie sollen Metzgerei, Wirtschaft und Catering ohne Veronika auskommen? Zum Leidwesen ihrer lahmgelegten Schwägerin bietet Annalena an, das Bankett in Baierkofen zu übernehmen.

Saskia wird beauftragt, mit anzupacken, und lernt auf diese Weise Caroline kennen, Burgls gleichaltrige Tochter, die die Städterin zunächst argwöhnisch beäugt. Annalenas Erscheinen in Baierkofen löst bei den Mitgliedern der Familie Kirchleitner unterschiedliche Reaktionen aus. Währenddessen schmeißt Saskia mit ihrer Urgroßmutter den Laden beim Brunnerwirt und beweist dabei Talent zur Improvisation. Als Annalena nach dem gelungenen Bankett müde zum Brunnerwirt zurückkehrt, macht ihr Joseph ein Angebot, das einigen Familienmitgliedern das Blut in Wallung bringt.

Folge 6: Rückschlag

Rosi ist wütend auf Annalena. Weil sie vermutet, dass die beiden sich näher kommen, befürchtet Rosi das Schlimmste und schießt übers Ziel hinaus. Hals über Kopf packt Annalena daraufhin ihre Sachen und macht sich mit Saskia auf den Weg nach Frankfurt. Auch ihr Vater kann sie nicht davon abhalten. Theresa und Veronika reagieren äußerst hämisch auf Annalenas überstürzte Abreise. Joseph platzt schließlich der Kragen. In seinem Zorn kommt es sogar mit Hubert zum Eklat. Unterdessen wird Annalenas Flucht jäh gestoppt.

Folge 7: Glockenläuten

Während Joseph und Max sich über Annalenas Entschluss freuen, sind nicht alle Familienmitglieder davon begeistert. Gleichzeitig flammt die Familienfehde zwischen den Kirchleitners und den Brunners wieder auf. Franz hat von seinem Braumeister erfahren, dass die Verhandlungen über die zukünftigen Bierlieferungen auf Eis liegen. Rosi erkennt jedoch schnell, dass der Streit mit Hubert etwas mit ihrem Verhalten gegenüber Annalena zu tun hat. Sie macht sich auf, um mit Joseph zu reden und die Sache aus der Welt zu schaffen. Dabei erlebt sie eine Über-

raschung. – Pfarrer Neuner plagen sehr weltliche Sorgen. Seit der Pensionierung seines Mesners geht in der Kirche alles drunter und drüber.

Folge 8: Hochzeitstag

Theresas Hochzeitstag steht vor der Tür. Wie jedes Jahr verlangt sie von der Familie, diesen ihr so wichtigen Tag im Angedenken an ihren verstorbenen Mann Theo zu feiern. Noch immer macht sie Franz Kirchleitner für dessen Tod verantwortlich. Auch Pfarrer Neuner kann sie nicht dazu bringen, dem Kirchleitner endlich

zu vergeben. Während die Festvorbereitungen auf Hochtouren laufen, erhält Annalena überraschend Besuch von ihren ehemals besten Freundinnen. – Inzwischen verblüfft Franz Rosi und Hubert mit einer Ankündigung: Er will die Vertragsverhandlungen mit dem Brunnerwirt übernehmen. Da er sich von seinem Weg zu den Brunners nicht abhalten lässt, platzt er prompt in das Familienfest.

Folge 9: Falscher Moment

Franz ist erbost über Theresas Vorwurf, er habe ihren Mann Theo auf dem Gewissen. In seinem Ärger dreht er dem Brunnerwirt den Bierhahn zu und stoppt die Lieferungen. Hubert sieht die Chance gekommen, wieder in die Vertragsverhandlungen einzusteigen. Er nutzt die Gunst der Stunde und bietet Joseph seine Hilfe an, damit die Gäste nicht »auf dem Trockenen« sitzen. Doch seine Unterstützung hat ihren Preis.

Ludwig und Florian klären Saskia über die Umstände von Theos Tod in den Bergen auf und erläutern damit die Ursache der jahrzehntelangen Familienfehde zwischen den Brunners und den Kirchleitners. Währenddessen bietet Annalena ihrer Schwägerin Veronika Hilfe in der Metzgerei an. Allerdings stellt sie bald fest, dass das gar nicht so einfach ist.

Folge 10: Taboulé

Nach dem Streit zwischen Hubert und Joseph befürchten die Lansinger, dass es im Brunnerwirt bald kein Bier der Brauerei Kirchleitner mehr geben wird. Theresa beschwichtigt die Gäste und verspricht eine Lösung. Doch Joseph merkt schnell, dass es unmöglich ist, einen gleichwertigen Ersatz zu finden. Auch Theresa ist unzufrieden, schließlich will sie ihren Gästen keine »ausländische Industrie-Plempe« servieren. Eine Einigung mit den Kirchleitners kommt für sie allerdings unter keinen Umständen in Frage. Franz erweist sich als genauso stur. Schließlich

trifft sich Joseph heimlich mit Rosi, nicht nur, um den »Bierstreit« zu beenden. Annalena und Saskia arbeiten mit Feuereifer in der Metzgerei mit und trumpfen mit neuen Ideen auf. Die Lansinger sind begeistert. Die Euphorie der beiden erhält jedoch bald einen herben Dämpfer.

Folge 11: Zeichen Gottes

Rosi und Joseph schmieden einen Plan, um die beiden Streithähne Theresa Brunner und Franz Kirchleitner an einen Tisch zu bringen. Dabei haben sie allerdings nicht nur ihre Familien im

Kopf. Von Pfarrer Neuner erhoffen sie sich göttlichen Beistand bei ihrer Mission. Der weigert sich zunächst, doch dann erhält er ein vermeintliches »Zeichen Gottes«. Unterdessen kommen sich Saskia und Theresa näher. Nach einigem Zaudern erklärt sich Theresa sogar bereit, mit dem Kirchleitner zu sprechen. Annalena reagiert zunehmend gereizt auf die Situation im Brunnerwirt. Als Veronika wieder einmal eine bissige Bemerkung fallen lässt, erhält sie von ihrer Schwägerin aus Frankfurt eine unerwartete Antwort.

Folge 12: Versöhnung oder Bier

Franz ist nur zu seinen Bedingungen bereit, das Kriegsbeil zu begraben. Theresa wiederum hat ihre eigenen Vorstellungen von einem Waffenstillstand. Rosi und Joseph sehen lediglich eine Chance, sie mit einem Trick an den Verhandlungstisch zu bringen. Veronika fällt weiterhin als Arbeitskraft in der Metzgerei aus, was Annalena zunehmend überfordert. Trixi hat eine Idee, um ihrer Freundin aus Frankfurt etwas Gutes zu tun. Annalena ist von Trixis erholsamen Händen begeistert und bringt sie auf eine Idee. Apotheker Bamberger sucht Annalenas Nähe. Sie weiß jedoch nicht, dass Burgl und Bamberger ein Paar sind.

Folge 13: Bierkrieg im goldenen Herbst

Die Situation zwischen Theresa und Franz eskaliert wieder einmal. Auch Joseph und Rosi bekommen den Zorn der beiden zu spüren. Hubert sieht seine Chance gekommen und versucht – nicht ganz uneigennützig – zu retten, was zu retten ist. Im Brunnerwirt wird mittlerweile das Kirchleitner-Bier knapp. Das kommt bei den Gästen gar nicht gut an. Hinter dem Rücken ihres Vaters fasst Rosi einen riskanten Entschluss. Annalena hat gemeinsam mit Bamberger ein Konzept erarbeitet, das Trixis Traum vom eigenen Kosmetikstudio in greifbare Nähe

Die Geschichten aus Lansing

rücken lässt. Allerdings traut Trixi sich nicht mit Mike darüber zu sprechen. Unterdessen nutzt Veronika eine heimliche Beobachtung, um Theresa gegen ihren Sohn Joseph aufzuhetzen.

Folge 14: Freundschaftsdienste

Joseph lässt sich von seiner Mutter Theresa gegen Rosi aufwiegeln und überwirft sich mit ihr. Unterdessen lässt Theresa »fremdes« Bier im Brunnerwirt ausschenken. Die Lansinger sind entsetzt. Nachdem auch Pfarrer Neuners guter

Draht »nach oben« nicht hilft, schwingt Schattenhofer sein politisches Zepter, um die Lansinger vor dem schlechten Geschmack zu bewahren. Doch selbst für einen Bürgermeister ist das nicht einfach. Saskia hat Streit mit ihrer Mutter. Auch Theresa schaltet sich ein und erhebt schwere Vorwürfe gegen Annalena. Als Neuner den heftigen Wortwechsel mitbekommt, nimmt er die überforderte Annalena ins Gebet. Er bittet sie, wenigstens ihrer Großmutter die Wahr-

heit über Saskias wirklichen Vater zu sagen. Trixi bittet Annalena um Hilfe. Sie soll Mike von ihrer Geschäftsidee überzeugen.

Folge 15: Ausflüge

Mike ist von Trixis Idee, ein eigenes Kosmetikstudio zu eröffnen, angetan. Ihm fehlen aber die Mittel, um seine Frau zu unterstützen. Enttäuscht sucht Trixi Annalena auf. Doch die Frankfurterin ist im Moment nicht gut auf ihre Freundin zu sprechen. Zu Trixis Überraschung trifft die ehemalige Schönheitskönigin auch bei ihrer Freundin Burgl nicht auf Verständnis. Entschlossen will Trixi die Sache jetzt selbst in die Hand nehmen. Die Vorbereitungen für das Feuerwehrfest in Lansing laufen auf Hochtouren. Der Streit zwischen den Kirchleitners und den Brunners trübt allerdings die Vorfreude der Dorfbewohner. Währenddessen lädt Mike Annalena zu einer Spritztour auf seinem Motorrad ein.

Folge 16: Oh, Eifersucht!

Rosi ist wütend auf Hubert und Franz, weil die beiden sie nicht in ihren Plan fürs Feuerwehrfest eingeweiht haben. Doch Franz weiß, wie er

seine Tochter wieder versöhnlich stimmen kann. Caroline und Saskia engagieren sich für die Festvorbereitungen – allerdings aus ganz unterschiedlichen Gründen. Trixi rast vor Eifersucht und macht Mike eine Szene. Seine Erklärungsversuche prallen an ihr ab. Wutentbrannt sucht sie Unterschlupf bei Burgl. Die schafft es, Trixi wieder zur Vernunft zu bringen. Doch als Veronika und Maria gehässige Bemerkungen fallen lassen, weiß Trixi nicht mehr, wem sie glauben soll. Nur eine Person im Dorf, so glaubt sie, kann ihre Zweifel beseitigen.

Folge 17: Und vergib uns unsere Schuld

Theresa bekommt Wind vom zusätzlichen Bierstand der Kirchleitners. Gemeinsam mit Joseph überlegt sie, wie das Feuerwehrfest doch noch zugunsten ihrer Familie laufen kann. Dabei steigert sich Theresa immer mehr in ihren Zorn auf die Brauereifamilie hinein und steckt sogar ihren sonst so besonnenen Sohn damit an. Das hat ungeahnte Folgen. Saskia und Caroline verstehen sich immer besser. In punkto »Leben im Dorf« gehen die Vorstellungen der beiden allerdings sehr auseinander. Pfarrer Neuner vergisst bei all seinen weltlichen Problemen, sich ausreichend um seine Schäfchen zu kümmern. Besonders um Annalena macht er sich Sorgen.

Folge 18: Feuerwehrfest

Die Lansinger freuen sich auf das Feuerwehrfest. Allerdings sind die Dorfbewohner wenig begeistert, dass die Brunners und die Kirchleitners ihre Familienfehde nicht einmal zu diesem feierlichen Anlass ruhen lassen. Dieses Mal sieht

es ganz danach aus, als ob die Kirchleitners im »Familienkrieg« die Nase vorn haben. Selbst die Vermittlungsversuche von Pfarrer Neuner bewirken nichts. Gerade als Theresa denkt, es könne für die Brunners nicht schlimmer kommen, holt Franz zum entscheidenden Schlag aus. Burgl und Bamberger überraschen Trixi, die darüber vor lauter Freude völlig aus dem Häuschen ist. Unterdessen macht sich Maria bei Pfarrer Neuner unentbehrlich. Saskias Idee im Bierkrieg erweist sich als Flop. Doch beim Losverkauf beweist die junge Brunnerin Talent.

Folge 19: Getrennte Wege

Der Eklat vom Feuerwehrfest hängt wie eine dunkle Wolke über Lansing. Fast alle verurteilen Franz für sein Verhalten. Pfarrer Neuner stellt sich sogar ganz offensichtlich auf die Seite der

Brunners. Auch innerhalb der Familie Kirchleitner kommt es zum Streit. Dann erhält Joseph genau von der Person Unterstützung, von der er es am wenigsten erwartet hat. Veronika kann ihre Freude über Annalenas Entschluss abzureisen kaum verbergen. Allerdings haben die beiden Schwägerinnen weder mit Theresas noch mit Saskias Reaktion gerechnet. Trixi sieht sich am Ziel ihrer Träume und plant schon die Einrichtung für ihr Kosmetikstudio. Mike sieht sich gezwungen, seiner Frau endlich reinen Wein einzuschenken.

Folge 20: Servus Lansing

Bei den Kirchleitners hängt der Haussegen schief. Rosi und Maria stellen sich demonstrativ gegen ihr Familienoberhaupt. Franz hält das alles für »weibische Spinnerei«. In ihm reift eine ganz andere Idee, mit der er die Brunners endgültig in ihre Schranken weisen will. Trixi mischt sich in Mikes Geschäfte ein. So hofft sie, an das nötige Startkapital für ihr Kosmetikstudio zu kommen. Mike ist von den verrückten Ideen seiner Frau nicht begeistert. Trotz Annalenas Widerstand hält Saskia an ihrer Entscheidung fest, in Lansing zu bleiben. Alles sieht nach einer Trennung von Mutter und Tochter aus. Theresa wirft Annalena sogar vor, Saskias gesamtes Leben auf einer Lüge aufgebaut zu haben.

Folge 21: Sterben und Verzeihen!

Im letzten Augenblick kann Saskia die Abfahrt ihrer Mutter stoppen. Als sie ihr vom Zusammenbruch der Oma berichtet, glaubt Annalena an eine schauspielerische Glanzleistung von Theresa. Doch um die alte Brunnerin steht es

wirklich schlecht. Als endlich der Notarzt eintrifft, schockiert Theresa ihre Familie mit einer eigenwilligen Entscheidung. Maria bewirbt sich bei Pfarrer Neuner um eine Stelle. Dieser stellt jedoch Bedingungen. Unterdessen quält sich Rosi mit Schuldgefühlen. Schließlich hat sie Theresa die Hiobsbotschaft aus dem Hause Kirchleitner überbracht. Während Rosi und Maria erschüttert über den Zustand der alten Brunnerin sind, kann Franz sich nicht einmal jetzt zu einer Versöhnung durchringen – ganz im Gegenteil.

Trixi arbeitet mit Feuereifer an der Kampagne für den Gebrauchtwagenverkauf. Damit wäre auch die Finanzierung ihres Kosmetikstudios gesichert.

Folge 22: Das jüngste Gericht

Der Streit zwischen Rosi und Franz eskaliert. Sie wirft ihrem Vater kaltblütiges Verhalten vor. Unterdessen versucht Veronika, von der geschwächten Theresa etwas über das Erbe he-

rauszubekommen, was nicht unbemerkt bleibt. Der Zustand der alten Brunnerin verschlechtert sich zunehmend, und schließlich sieht selbst Joseph ein, dass Pfarrer Neuner gerufen werden muss. Am Sterbebett stellt Theresa eine letzte Forderung, die alle überrascht. Maria organisiert mehr und mehr den Ablauf im Pfarrbüro. Neuner ist begeistert von seiner »Perle« und erkennt, dass sie als Mesnerin unentbehrlich ist. Trixi macht alle mit dem Fotoshooting für den Autoverkauf verrückt.

Folge 23: Der Kuhhandel

Annalena geht zu den Kirchleitners, um Theresas letzten Wunsch zu erfüllen. Doch selbst sie beißt bei Franz auf Granit. Enttäuscht und aufgewühlt verlässt Annalena sein Haus. Hubert stellt sich quer und verbietet Maria, als Mesnerin zu arbeiten. Pfarrer Neuner will nicht auf die Hilfe seiner rechten Hand verzichten und bittet Schattenho-

fer um Vermittlung. Der schafft es tatsächlich, Hubert zum Einlenken zu bewegen. Doch das hat seinen Preis, denn Marias Ehemann zwingt Schattenhofer einen regelrechten »Kuhhandel« auf. Veronikas Gedanken kreisen nur um Theresas Testament. Sie will unbedingt verhindern, dass Joseph der Alleinerbe wird. Dafür nimmt sie sogar einen Streit mit ihrem Mann Max in Kauf. Am Sterbebett der alten Brunnerin sieht Veronika ihre Chance gekommen.

Folge 24: Der letzte Wunsch

Theresa will sich endlich mit Annalena aussprechen. Vor ihrem Tod will sie unbedingt noch erfahren, wer Saskias wirklicher Vater ist. Doch Annalena stellt sich stur und gibt den Namen nicht preis. Theresa bittet Joseph und Max, ihre Enkelin zu überreden, einer sterbenden Frau nicht den letzten Wunsch abzuschlagen. Veronika ist wütend, weil Theresa nichts über ihr Testament

Die Geschichten aus Lansing

verraten hat. Nun versucht sie, mit allen Mitteln dahinterzukommen, was die alte Brunnerin im Schilde führt. Maria ist entsetzt, dass Hubert sie für seinen »Kuhhandel« benutzt. Entschlossen bietet sie ihrem Mann die Stirn, doch es ist zu spät. Er und Franz setzen ihren Plan bereits in die Tat um. Nicht einmal Theresas bedenklicher Zustand kann sie davon abhalten.

Folge 25: Die Wahrheit will ans Licht

Annalena hat Theresa die Wahrheit über Saskias Vater erzählt. Die alte Brunnerin sieht nur eine Möglichkeit, um das Geheimnis weiterhin vor den Lansingern zu bewahren. Mit dieser Entscheidung stößt sie sowohl Annalena als auch

die unwissende Saskia vor den Kopf. Joseph und Florian schaffen es, dass der vermeintlich Erfolg in Sachen »Neuwirt« für Hubert und Franz vor dem ganzen Dorf zu einer Blamage wird. Unterdessen richtet Trixi mit großem Einsatz ihr Kosmetikstudio im Hinterzimmer der Apotheke ein. Dabei treibt sie den gutmütigen Bamberger an den Rand eines Nervenzusammenbruchs.

Folge 26: Irgendwas is immer

Saskia ist verletzt von Theresas Reaktion! Weder ihr Opa noch Annalena können sie beruhigen. Dann ist Saskia plötzlich verschwunden und scheint den gleichen Weg gehen zu wollen wie einst ihre Mutter. Währenddessen ist Veronika immer noch wütend, weil Theresa sie in Sa-

chen Testament im Unklaren lässt. Als Veronika Gesprächsfetzen zwischen der alten Brunnerin und dem Notar belauscht, zieht sie daraus ihre eigenen Schlüsse. Bei den Kirchleitners herrscht eisige Stimmung. Ein Missverständnis bringt sogar Maria gegen Rosi auf. Außerdem nimmt sich Franz seine Tochter gehörig zur Brust. Er unterstellt ihr, von seiner Bloßstellung vor dem Gemeinderat gewusst zu haben. Auch über Bürgermeister Schattenhofer ärgert sich der Brauereibesitzer, denn die Schankgenehmigung für den »Neuwirt« ist nach wie vor nicht erteilt.

Folge 27: Alter schützt vor Torheit nicht

Saskia hat ihre Entscheidung getroffen. Sie sucht ein klärendes Gespräch mit Theresa. Deren Reaktion überrascht nicht nur ihre Urenkelin, sondern auch Joseph und Annalena. Dann findet Saskia heraus, dass ihre Uroma etwas vor

der Familie verheimlicht. Zwischen Burgl und Bamberger kriselt es. Entnervt lässt der Apotheker seinen Ärger an Trixi aus. Bei den Kirchleitners hängt immer noch der Haussegen schief. Maria hat eine Idee, wie sie den Gemeindesaal doch noch vor dem Verkauf retten kann. Pfarrer Neuner ist beigeistert. Mit Feuereifer machen sie sich gemeinsam daran, Franz Kirchleitners Plan von einem zweiten Wirtshaus in Lansing zu vereiteln. Doch dann stellt der alte Kirchleitner seiner Tochter ein Ultimatum.

Folge 28: Bierschmuggel

Franz hat seine Drohung wahr gemacht und straft seine Tochter für ihren Einsatz gegen den »Neuwirt« ab. Auch zwischen Maria und Hubert gibt es erneut Streit. Hubert wirft seiner scho-

ckierten Frau sogar vor, ihre Ehe aufs Spiel zu setzen. Derweil zeigt sich Rosi angriffslustig und will Pfarrer Neuner weiterhin im Kampf um den Erhalt des Gemeindesaals unterstützen. Saskia und Theresa haben sich verbündet und beschließen, die Familie noch eine Weile über den Gesundheitszustand der alten Brunnerin im Unklaren zu lassen. Unterdessen hat Max eine Idee, wie er den Brunnerwirt auch ohne Bierlieferung von den Kirchleitners retten kann. Ganz risikolos ist dieser Plan jedoch nicht. Annalena bricht mit Bamberger zu einer Wanderung auf. In den Bergen kommen sich die beiden näher.

Folge 29: Bierwunder

Gemeinsam mit Rosi und Maria beschließt Pfarrer Neuner, Hubert und Franz eine Lektion in Sachen Kauf des Gemeindesaals zu erteilen. Dafür lässt er am Sonntag sogar die Kirche geschlos-

sen. Dank dem Bierschmuggel wird der Frühschoppen beim Brunnerwirt nach langer Zeit wieder ein voller Erfolg. Xaver kann es sich nicht verkneifen und lässt vor dem völlig ahnungslosen Franz eine folgenschwere Bemerkung fallen. Annalena beginnt sich langsam in Bamberger zu verlieben. Umso mehr freut sie sich, als der Apotheker sie zu einem Galaabend einlädt. Voller Vorfreude geht sie zu Burgl und bittet diese um ein schickes Abenddirndl. Doch die Freundin reagiert merkwürdig reserviert. Annalena versteht die Welt nicht mehr. Trixi bringt schließlich Licht ins Dunkel.

Die Geschichten aus Lansing

Folge 30: Schwere Entscheidungen

Wütend will Franz herausfinden, welcher Gastwirt den Brunners ausgeholfen hat. Schließlich macht er den »Übeltäter« aus. Damit stehen die Brunners wieder ohne Kirchleitner-Bier da. Doch dann bietet sich eine unerwartete Chance zur Rettung des Brunnerwirts. Unterdessen ist Hubert mit seinem neuen Job als Geschäfts-

führer der Brauerei völlig überfordert. Hilfesuchend wendet er sich schließlich wieder an seine Ziehmutter Rosi. Bürgermeister Schattenhofer und die Lansinger erwarten gespannt die Lieferung der Tanne, die das Dorf zur Weihnachtszeit schmücken soll. Zwischen den Zweigen wartet jedoch eine böse Überraschung auf das politische Oberhaupt der Gemeinde. Annalena ist verletzt und stellt Bamberger zur Rede. Der Apotheker versucht daraufhin, mit Burgl über ihre Beziehungsprobleme zu sprechen. Er will herausfinden, was Burgl wirklich noch für ihn empfindet.

Folge 31: Soko Tannenbaum

Annalena will mit Saskia nach Frankfurt reisen, um dort einige geschäftliche Dinge zu erledigen. Zufällig hört Theresa das Gespräch mit und befürchtet sofort das Schlimmste. Hubert schafft es nicht, Franz von Rosis Wiedereinstellung als Geschäftsführerin der Brauerei zu überzeugen. Völlig überfordert von der Doppelbelastung als Geschäftsführer und Vertriebsleiter sieht er nur

eine Chance, Rosi wieder in den Familienbetrieb zurückzuholen. Gemeinsam mit seiner Frau Maria schmiedet er einen Plan. Der anonyme Briefeschreiber hat an der Lansinger Weihnachtstanne erneut eine Drohung an Bürgermeister Schattenhofer hinterlassen. Polizist Anderl geht nicht mehr von einem Lausbubenstreich aus und ermittelt. Zu seinem Entsetzen hat jeder der Dorfbewohner ein Motiv.

Folge 32: Dorfgeflüster

Saskia erfährt von Annalena den Grund dafür, warum Burgl und Caro das gemeinsame Abendessen abgesagt haben und Caro nicht mehr mit nach Frankfurt will. Als Saskia versucht, mit ihrer Freundin darüber zu sprechen, geraten sich die beiden in die Haare. Unterdessen bereitet Annalena hektisch die Abreise nach Frankfurt vor. Beim Abschied befürchtet Theresa, dass ihre Enkelin und Saskia nicht wie versprochen wie-

der nach Lansing zurückkehren werden. Maria und Hubert versuchen mit einer List, den Kauf des Gemeindesaals zu verhindern. Stattdessen präsentiert Hubert seinem Opa eine neue Idee und hofft, dass damit auch Rosi wieder Geschäftsführerin wird. Anderl ist weiter auf der Suche nach dem anonymen Erpresser. Doch bei der Befragung des Verdächtigen erlebt er eine Überraschung.

schäftspartnerinnen. Sowohl bei Saskia als auch bei ihrer Mutter überschlagen sich bald die Ereignisse. Anderl scheint den Täter, der die anonymen Erpresserbriefe geschrieben hat, gefasst zu haben. Zwar streitet dieser alles ab, doch der Dorfpolizist ist sich seiner Sache sicher. Dann outet sich aber jemand völlig anderes als Verfasser der Drohbriefe und der Fall nimmt eine überraschende Wendung.

Folge 33: Ganz oder gar nicht!

Joseph macht sich Sorgen um die Zukunft des Brunnerwirts. Denn statt des »Neuwirts« planen die Kirchleitners jetzt ein noch größeres

Projekt. Joseph lässt sich daraufhin wieder auf den Konkurrenzkampf mit Franz ein. Annalena und Saskia genießen ihre Zeit in Frankfurt. Saskia geht mit ihrer Freundin Daniela shoppen und Annalena trifft sich mit ihren beiden Ge-

Folge 34: Das Ziegenbart-Orakel

Annalena reagiert geschockt auf den Vorschlag ihrer Geschäftspartnerin Barbara und fühlt sich unter Druck gesetzt. Auch Saskia wird von einem

tollen Angebot ihrer Freundin Daniela überrumpelt. Das Problem »Weihnachtstanne« nimmt immer größere Ausmaße an. Zwar hat Anderl den Fall unbürokratisch gelöst, doch jetzt fehlt der Tanne im Nachbarort Wangen die Spitze. Als die Lansinger ihren Baum schmücken, findet sich in den Zweigen erneut ein anonymer Brief. Durch einen Zufall finden Hubert und Franz heraus, dass Joseph einen Umbau des Brunnerwirts plant. Sofort setzen die beiden Kirchleitners zur Gegenoffensive an. Als Rosi davon erfährt, ist sie entsetzt, denn sie will einen erneuten Wettstreit zwischen den Familien unter allen Umständen vermeiden. Doch Hubert hat etwas gegen seine Ziehmutter in der Hand.

Folge 35: Vergebliche Liebesmüh

Annalena und Saskia sind glücklich, wieder in Lansing zu sein. Allerdings verläuft das Familienleben bei den Brunners wie immer turbulent.

Zuerst geraten Annalena und ihre Schwägerin Veronika aneinander, dann fühlt sich Saskia von ihrer Uroma unverstanden. Rosi informiert Joseph darüber, dass Hubert sie unter Druck setzt. Sollte sie dem Umbau zur Schaubrauerei mit Hotel nicht zustimmen, will er Franz verraten, dass der Brunnerwirt wieder Kirchleitner-Bier ausschenkt. Sie bittet Joseph, von seinen Plänen Abstand zu nehmen und so das »Wettrüsten« zu beenden. Hin- und her gerissen zwischen ihren Gefühlen für Joseph und ihrer Familie sucht Rosi Rat bei Pfarrer Neuner. Der empfiehlt ihr, ihrem Herzen zu folgen. Trixi versucht, Bamberger und Burgl wieder zusammenzubringen. Mit ihren lieb gemeinten Bemühungen geht sie allerdings beiden auf die Nerven.

Folge 36: Durchgehend warme Küche

Rosi ist entsetzt, dass Joseph das »Wettrüsten« mit den Kirchleitners weiter vorantreibt. Schließlich hätte sie sich sonst für ihn und gegen ihre Familie entschieden. Sie konfrontiert Joseph damit und verlässt tief gekränkt und sehr enttäuscht den Brunnerwirt. Joseph ist ratlos. Unterdessen kehrt Rosi nach Hause zurück und überrascht Franz und Joseph mit einer regelrechten Kampfansage. – Florian verspricht Saskia, sie mit in die Disco nach Baierkofen zu nehmen. Im Gegenzug soll sie dafür seine Hausaufgaben erledigen, denn mit den schulischen Leistungen des jüngsten Brunners sieht es schlecht aus. Burgl geht es nach der Trennung von Bamberger schlechter als sie zugeben will. Nach den erfolglosen Vermittlungsversuchen von Trixi versucht jetzt Caroline, zwischen ihrer Mutter und dem Apotheker zu vermitteln.

Folge 37: Auf Abwegen

Nach Rosis offensichtlicher Zurückweisung nimmt Joseph den Konkurrenzkampf mit den Kirchleitners wieder auf. Er geht nun doch auf Annalenas Vorschlag von der durchgehend warmen Küche ein. Auch Theresa ist begeistert und wischt alle Bedenken vom Tisch. Bei den Kirchleitners laufen die Pläne für den Ausbau der Brauerei auf Hochtouren. Franz stellt sich eine

»Erlebnisgastronomie« vor, die alles andere in Lansing in den Schatten stellt. Davon lässt sich sogar Bürgermeister Schattenhofer anstecken und träumt schon von hohen Gewerbesteuereinnahmen. Mittlerweile ist auch Rosi mit Feuereifer bei der Sache. Sehr zum Entsetzen von Pfarrer Neuner. Maria will sich von Trixi im Kosmetiksalon verschönern lassen, um wieder mehr Aufmerksamkeit von Hubert zu bekommen. An Entspannung ist jedoch nicht zu denken. Der Geräuschpegel aus der Apotheke ist unerträglich. Sowohl Bamberger als auch Trixi würden das Kosmetikstudio gerne verlegen. Doch keiner traut sich, die Sache anzusprechen.

Folge 38: Übermut tut selten gut

Franz ist wütend, weil er noch immer nicht den geheimen Lieferanten ausfindig machen konnte, der den Brunnerwirt mit Kirchleitner-Bier

versorgt. Er stellt Lagerleiter Stadler zur Rede. Bei den Brunners hängt der Haussegen schief. Saskia fühlt sich sowohl von Annalena als auch von Theresa bevormundet. Dann stellt ihre Mutter ausgerechnet Caroline, mit der Saskia immer noch im Clinch liegt, als Aushilfe im Brunnerwirt ein. Saskia platzt der Kragen. Unterdessen begeht Florian zusammen mit seiner Schulfreundin Laura eine Dummheit, die seine ganze Zukunft gefährden könnte. Burgl springt über ihren Schatten und lädt Bamberger zum Kaffee ein. Dabei macht sie dem Apotheker ein überraschendes Geständnis.

Folge 39: Kleine Geschenke

Zu Florians Entsetzen bleibt seine Schulfreundin Laura weiterhin bei ihrer Lügengeschichte. Ihr Vater, der Schuldirektor, suspendiert den jüngsten Brunner daraufhin vom Unterricht. Max und Veronika sind schockiert und bangen um

die Zukunft ihres jüngsten Sohnes. Unterdessen versuchen sowohl die Kirchleitners als auch die Brunners Bürgermeister Schattenhofer mit allen Mitteln für ihre jeweiligen Umbaumaßnahmen zu gewinnen. Ganz nach bayerischer Tradition soll so die Zustimmung vom Gemeinderat gesichert werden. Bei Burgl und Bamberger deutet alles auf ein Happy End hin. Nur Kupplerin Trixi ist beleidigt, weil die beiden sie nicht von ihrer Versöhnung in Kenntnis gesetzt haben. Unterdessen fliegen zwischen Saskia und ihrer einstigen Freundin Caroline beim gemeinsamen Arbeiten im Brunnerwirt die Fetzen.

Folge 40: Wer gewinnt?

Die Sitzung des Gemeinderats steht an. Nach den Präsentationen ihrer Pläne glauben sich sowohl die Kirchleitners als auch die Brunners auf der Siegerseite. Beide Familien sind davon überzeugt, die Genehmigung für ihr Projekt zu erhalten. Der Verlierer steht außen vor und das »Wettrüsten« hätte ein Ende. Mike kommt hinter Florians Schwindelei und stellt ihn zur Rede. Gleichzeitig will er ihm auch helfen und bietet ihm während der Zeit des Schulverweises ein

Praktikum in seiner Autowerkstatt an. Max und Veronika willigen schließlich ein, doch dann hält Florian sich wieder nicht an die Regeln und Max sieht sich gezwungen, daraus Konsequenzen zu ziehen. Trixi ist immer noch beleidigt, weil Burgl und Bamberger sie im Unklaren über deren Versöhnung gelassen haben. Entschlossen widmet sie sich jetzt der Suche nach einem geeigneten Raum für ihr Kosmetikstudio.

Folge 41: Unruhige Zeiten

Sowohl Theresa als auch Franz sind schockiert. Jetzt, wo der Gegner ebenfalls den Zuschlag für sein Bauvorhaben bekommen hat, stellen beide fest, dass sie sich kostentechnisch zu weit aus dem Fenster gelehnt haben. Später, im Kreise ihrer Familie, gibt sich die alte Brunnerin kämpferisch. Sie will unbedingt an ihren Plänen festhalten, egal zu welchem Preis. Mike arbeitet weiter an seinem Weihnachtsgeschenk für Trixi. Durch

einen dummen Zufall droht seine Überraschung aufzufliegen. Unterdessen gibt Trixi ihrer Freundin Burgl Nachhilfe in Sachen Verführung.

Folge 42: Frauenpower

Die Familie ist gerührt, weil Annalena ihre Firmenanteile in Frankfurt verkaufen will, um den Umbau des Brunnerwirts zu finanzieren. Veronika dagegen hält das Projekt für ein Fass ohne Boden. Theresa verlangt von Veronika Solidarität, schließlich muss die Familie zusammenhalten.

Die verzweifelte Veronika sieht nur noch einen Ausweg. Zeitgleich stellt Franz Schattenhofer zur Rede, weil der Bürgermeister beiden Familien die Baugenehmigung erteilt hat. Doch Schattenhofer wähnt sich siegessicher und schafft es sogar, den alten Kirchleitner mit einem geschickten Bluff zu verunsichern. Unterdessen hat Burgls Schäferstündchen mit Bamberger ungeahnte Folgen, die beiden haben nicht nur Trixis Kühlschrank im Kosmetikstudio geplündert, sondern auch noch ihre Liege demoliert.

Folge 43: Frieden? Nein danke!

Veronikas verzweifelter Besuch bei den Kirchleitners endet in einem Desaster. Die ganze Familie Brunner ist von Veronikas Alleingang zum »Feind« entsetzt und Theresa pocht noch entschlossener auf den Umbau. Niedergeschlagen appelliert Veronika ein weiteres Mal an ihre Schwägerin Annalena, ihre Verantwortung als

Mutter bei diesem finanziell risikoreichen Vorhaben nicht außer Acht zu lassen. Theresa belauscht das Gespräch der beiden heimlich. Währenddessen ist Mike glücklich, dass seine heimliche Weihnachtsüberraschung für Trixi doch noch gelingt. Mit Feuereifer macht er sich an die Renovierung des neuen Kosmetikstudios. Allerdings deutet Trixi sein Verhalten völlig falsch.

Folge 44: Herzweh

Theresas Entscheidung ist gefallen. Die Brunners sind erleichtert. Kurz vor Weihnachten scheint so der Familienfrieden gesichert. Joseph macht einen weiteren Schritt auf Rosi zu und informiert sie über die neueste Entwicklung. Während die zwei versöhnt zum Lansinger Adventssingen gehen, weigert sich Theresa nach wie vor, Frieden mit den Kirchleitners zu schließen. Dann trifft sie am Grab ihres toten Mannes Theo ausgerechnet auf Franz. Trixi ist fest davon

überzeugt, dass Mike eine Geliebte hat. Seine Erklärungsversuche schmettert sie ab. Wütend und verletzt will sie Weihnachten bei ihrer Mutter verbringen. Nur durch einen Trick von Anderl kann Mike ihre Abreise verzögern.

Folge 45: Die Reifeprüfung

Florian leidet zunehmend unter seinem Schulausschluss. Dann erfährt er auch noch von Saskia, dass sie für einige Tage zu ihrer Freundin Daniela nach Paris fliegt. Frustriert vergreift er sich daraufhin bei einer Kundin in der Metzgerei im Ton. Seine Eltern sind entsetzt. Sie erken-

nen jedoch, dass ihr Sohn wieder auf die Schule möchte. Max sucht das Gespräch mit Schuldirektor Munzinger. Pfarrer Neuner berichtet Maria freudestrahlend, dass sie für den Kurs zur Mesnerin zugelassen wurde. Einziger Haken, die Ausbildung beginnt schon am nächsten Tag und findet in Freising statt. Maria weiß nicht, wie sie das ihrer Familie beibringen soll. Während Rosi ihr ihre Unterstützung zusichert, ist Franz strikt dagegen. Bamberger hat bisher der Mut gefehlt, Burgl einen Heiratsantrag zu machen. Der Apotheker hat Angst vor einem Korb. Bei einem Bier holt er sich Rat von Mike. Leicht angetrunken macht Bamberger sich schließlich auf den Weg zu seiner Angebeteten, um ihr die entscheidende Frage zu stellen.

Die Geschichten aus Lansing

Folge 46: Zutrauen?

Max und Veronika sind bestürzt, weil Florian endgültig von der Schule geflogen ist. Als dieser zufällig die Auseinandersetzung zwischen sei-

nen Eltern mitbekommt, macht er sich frustriert aus dem Staub. Nach dem missglückten Heiratsantrag von Bamberger sucht Burgl Rat bei Trixi. Diese besteht auf die »altmodische Art«: Der Mann muss die Frau fragen! Trixi engagiert Mike. Er soll Bamberger helfen, Burgl einen romantischen Antrag zu machen. Maria ist aufgeregt, weil ihre Ausbildung zur Mesnerin beginnt. Hubert schafft es, nicht ganz uneigennützig, seine aufgelöste Frau zu beruhigen. Franz ist jedoch nach wie vor gegen Marias Schritt in die Berufstätigkeit. Der alte Kirchleitner fühlt sich vernachlässigt.

Folge 47: Die Geister, die ich rief

Franz grantelt immer noch und will, dass Maria ihre Ausbildung zur Mesnerin abbricht. Dafür sucht er sogar das Gespräch mit Pfarrer Neuner. Zudem verlangt der alte Kirchleitner von Maria, Rosi und Hubert einen Familientag. Burgl und Bamberger finden endlich zueinander – ganz ohne Trixi. Eigentlich könnte der Himmel jetzt voller Geigen hängen. Doch plötzlich zieht sich die Braut unerwarteterweise zurück. Annalena freut sich, dass sich das Verhältnis zwischen den Brunners und den Kirchleitners etwas beruhigt hat. Auch Joseph ist froh darüber und trifft sich

mit Rosi – nicht nur, um Geschäftliches zu besprechen. Das ist Theresa natürlich ein Dorn im Auge.

Folge 48: Neue Wege

Franz fühlt sich von seiner gesamten Familie im Stich gelassen. Wütend klagt der alte Kirchleitner seiner Putzfrau sein Leid. Rosi und Joseph

treffen sich zum gemeinsamen Sport. Während Rosi hoch motiviert loslegt, ist Joseph etwas verhalten. Nach all den Jahren des Familienstreits ist es für ihn ungewohnt, normal mit »einer Kirchleitnerin« umzugehen. Als ihnen Xaver begegnet, reagiert der Brunnerwirt merkwürdig. Mike und Anderl machen in einem Autowrack eine ungewöhnliche Entdeckung, mit der nur der kleine Christian etwas anfangen kann.

Folge 49: Vertrauensfragen

Franz ist wie verwandelt, er ist nett zu Maria, zuvorkommend zu Rosi und Enkel Hubert verspricht er sogar den Posten des Feuerwehrkom-

mandanten. Allerdings platzt sein geplanter Familientag trotzdem. Frustriert kehrt er von der Kirche nach Hause zurück und hält leise Zwiesprache mit seiner verstorbenen Frau und seinem besten Freund Theo. Scheinbar merkt niemand, wie alleine sich der alte Kirchleitner wirklich fühlt. Mike und Anderl erfahren, dass hinter Christians Schatzsuche mehr steckt als nur kindliche Fantasie. Wütend bemerkt Theresa, dass Rosi und Joseph sich bestens verstehen. Sie stellt Rosi zur Rede, hat aber nicht damit gerechnet, dass Joseph sich gegen seine Mutter stellt.

Folge 50: Falsche Freunde – wahre Freunde

Franz fühlt sich von Maria ertappt und weist sie in seiner üblichen Art ruppig zurück. Auch auf Rosi und Hubert ist er nicht gut zu sprechen. In seiner Einsamkeit kommt er auf eine recht merkwürdige Idee. Mike und Anderl begeben sich tatsächlich auf Schatzsuche, merken jedoch schnell, dass nur ihre kindliche Abenteuerlust mit ihnen durchgegangen ist. Theresa sieht nach dem Abschluss des Biervertrages keinen Grund mehr, warum Joseph sich weiter mit Rosi treffen sollte und macht ihrem Unmut Luft. Joseph lässt sich

seine gute Laune jedoch nicht verderben. Als er sich erneut mit Rosi trifft, bemerken die beiden nicht, dass die alte Brunnerin sie argwöhnisch beobachtet.

Folge 51: Nestflüchter

Theresa ist stocksauer, weil Joseph sich weiter mit Rosi trifft. Statt mit offenen Karten zu spielen, greift sie zu subtileren Mitteln. Sie über-

häuft ihren Sohn mit Arbeit, um ihn von »der Kirchleitnerin« fernzuhalten. Auch Veronika ist wenig begeistert davon, dass ihr Schwiegervater mit Rosi »anbandelt«. Sie stichelt bei Theresa. Die alte Brunnerin kommt ins Grübeln, ob sich Joseph tatsächlich auf die Tochter von Theos Mörder einlässt. Caro nutzt die Abwesenheit ihrer Mutter und Anderls Schatzsuche dazu, im Brunnerwirt zu übernachten. Aber Saskia ist nach wie vor bei ihrer Freundin Daniela in Pa-

Die Geschichten aus Lansing

ris. Es muss also einen anderen Grund für Caros »Auszug« geben. – Unterdessen sorgen sich Rosi, Maria und Hubert weiter um Franz, der offensichtlich zu vereinsamen droht.

Folge 52: Wo die Liebe hinfällt

Theresa will unter allen Umständen weitere Treffen zwischen Rosi und Joseph verhindern. Doch der Brunnerwirt durchschaut alle Versu-

che seiner Mutter, ihn von Rosi fernzuhalten. Schließlich fährt Theresa schweres Geschütz auf und stellt Joseph ein Ultimatum. Dabei hat sie nicht mit Rosi gerechnet. Caroline und Ludwig schweben auf Wolke Sieben. Caro will bei den Brunners bleiben, um möglichst viel Zeit mit Ludwig zu verbringen. Als Saskia aus Paris zurückkommt, schlägt Caroline ihrer Freundin eine Art WG vor. Saskia ist jedoch alles andere als angetan von einer Zimmergenossin. Als Xa-

ver mit neuen Erkenntnissen zur Schatzkarte kommt, wollen Mike und Anderl nichts mehr davon wissen. Doch Xaver zuliebe wagen sie einen letzten Versuch.

Folge 53: Mit List und Tücke

Nachdem sowohl die Brunners als auch die Kirchleitners von den zarten Banden zwischen Rosi und Joseph erfahren haben, weht den beiden von allen Seiten ein eisiger Wind entgegen. Theresa geht sogar noch einen Schritt weiter und sucht das Gespräch mit ihrem Erzfeind Franz. Dabei verrät ihr der alte Kirchleitner ein brisantes Geheimnis. Die Suche der drei Goldgräber Xaver, Anderl und Mike ist tatsächlich von Erfolg gekrönt. Annalena hadert mit ihrer Situation in Lansing. Soll ihre Arbeit im »Brunnerwirt« wirklich alles sein? Da tut sich unerwartet ein neues Betätigungsfeld für Annalena auf.

Folge 54: Unter Druck

Entrüstet stellt Rosi ihren Vater zur Rede. Schließlich kann Theresa nur von Franz über Rosis Geheimnis informiert worden sein. Sie entschließt sich, Joseph reinen Wein einzuschenken und so einen Neubeginn zu wagen. Doch eine Bemerkung von Maria lässt Rosis Entscheidung ins Wanken geraten. Annalena engagiert sich weiter für die Landfrauen, damit diese von der Gemeinde endlich Computer und Internetzugang gestellt bekommen. Trixi fordert die

halt verklagen. Nach ihrem verpatzten Schäferstündchen plagt Caroline Liebeskummer.

Folge 56: Wer anderen eine Grube gräbt

Bürgermeister Schattenhofer setzt Trixi unter Druck, denn wenn sie es schafft, die Unterschriftenaktion der Landfrauen zu beenden, darf sie

Freundin auf, selbst Mitglied zu werden. Annalena gerät erneut mit Bürgermeister Schattenhofer aneinander. Caro und Ludwig möchten gerne Zeit zu zweit verbringen. Doch als es endlich soweit ist, kommt es zu einem peinlichen Missverständnis.

Folge 55: Auf in den Kampf

Annalena sagt Bürgermeister Schattenhofer den Kampf an. Als neues Mitglied der Landfrauen startet sie eine Unterschriftenaktion, damit die

den Großauftrag der Gemeinde behalten und erhält zusätzlich einen Bonus von 2000 Euro. Die Lansingerinnen sind über diesen Erpressungsversuch empört. Rosis Entschluss, sich endlich rechtskräftig scheiden zu lassen, führt zum Streit mit ihrem Vater. Franz fürchtet die finanziellen Forderungen, die Johann Lobmeyer stellen könnte. Als Hubert seinem Großvater auch noch beipflichtet, sucht Rosi Trost bei Joseph. Doch der Brunnerwirt reagiert nicht wie erwartet. Caroline und Ludwig gehen mit ihrem verliebten Geturtel Saskia gehörig auf die Nerven. Außerdem fühlt sich Saskia von ihrer Freundin vernachlässigt. Als Caro den geplanten Mädchenabend für ein Treffen mit Ludwig absagt, reicht es Saskia endgültig.

Lansingerinnen endlich mit dem Projekt »Computer« starten können. Doch der Bürgermeister will nicht nachgeben und droht mit drastischen Maßnahmen. Joseph macht Rosi klar, dass er auch mit ihr zusammen sein will, wenn sie nicht geschieden ist. Dennoch will Rosi sich von ihrer »Altlast« trennen. Allerdings könnte ihr Noch-Ehemann Johann Lobmeyer sie dann auf Unter-

Folge 57: Der Mann, das schwache Geschlecht

Nach ihrem Streit sind sowohl Saskia als auch Caro traurig. Doch beide sind zu stolz, um das zuzugeben. Erst Ludwig gelingt es, die Freundinnen zu versöhnen. Saskia und Caro wollen wei-

Die Geschichten aus Lansing

ter zusammenwohnen und räumen das Zimmer um, damit jede ihre Privatsphäre hat. Dabei machen sie eine Entdeckung. Schattenhofer ist zornig, weil die Landfrauen ihn reingelegt haben. Die Lansingerinnen müssen wieder zur Vernunft gebracht werden. Joseph überrascht Rosi mit einem romantischen Ausflug. Weder Franz noch Hubert wissen, dass die beiden zusammen unterwegs sind. Doch am Abend kehrt Rosi nicht nach Lansing zurück.

Folge 58: Spätes Glück und junges Leid

Nach ihrer ersten gemeinsamen Nacht genießen Joseph und Rosi die ungestörte Zeit im Hotel. Unterdessen sind sich mittlerweile sowohl Theresa als auch Franz sicher, dass ihre Kinder gemeinsam unterwegs sind. Die alten Streithähne sind empört. Die Landfrauen machen zum Unmut von Bürgermeister Schattenhofer ein Geheim-

nis um ihr nächstes Projekt. Schattenhofer will unbedingt wissen, was die Lansingerinnen im Gemeindesaal treiben. Mit einem Trick gelingt es ihm, dort herumzuschnüffeln. Allerdings gibt es einen unliebsamen Zeugen. Saskia ist sich sicher, dass Annalena ihr bezüglich ihres angeblichen Vaters John Mayers etwas verschweigt. Geschickt versucht sie, ihren Onkel Max darüber auszufragen. Dieser kann sich gerade noch herauswinden, warnt aber Theresa vor, die als Einzige der Familie die Wahrheit kennt.

Folge 59: Schwere Zeiten

Rosi und Joseph lassen sich von Franz Kirchleitners und Theresas Wutausbrüchen nicht einschüchtern, im Gegenteil, Rosi will sogar im

Brunnerwirt übernachten. Scheinbar hat sich auch Theresas Zorn gelegt. Beim Abendessen gibt sich die alte Brunnerin friedlich. Doch als die frisch Verliebten auf Josephs Zimmer gehen, erlebt Rosi eine unangenehme Überraschung. Unterdessen beschließen die Landfrauen, zur Gemeinderatssitzung zu gehen. Sie haben allerdings nicht damit gerechnet, dass dem Bürgermeister im Wahlkampf jedes Mittel recht ist. Annalena geht auf Saskia zu und erzählt ihr die vermeintliche Wahrheit über ihren Vater John Mayers. Saskia ist gerührt, weil ihre Mutter so viel für ihre große Liebe durchstehen musste. Annalena dagegen wird von der Last ihrer Lüge fast erdrückt.

Folge 60: Die Liebe in Lansing

Die Landfrauen sind schockiert, weil der Bürgermeister ohne jeden Skrupel ihre Ideen als die seinen ausgegeben hat. Nachdem Rosi ih-

ren Vorsitz zur Verfügung gestellt hat, ist für die Lansingerinnen schnell klar, wer ihren Kampf gegen Schattenhofer anführen soll. Mit einer List ist es Theresa gelungen, Rosi an Josephs Gefühlen zweifeln zu lassen. Zwar bleibt Rosi über Nacht, doch am nächsten Morgen verlässt sie überstürzt den Brunnerwirt. Nach einem Gespräch mit seinem Sohn Max fasst Joseph eine nicht ganz leichte Entscheidung. Caro und Ludwig genießen die Zeit zusammen. Doch als Veronika die beiden in einer vermeintlich eindeutigen Situation erwischt, ist es mit der Ruhe aus und vorbei.

Folge 61: Ambitionen

Schattenhofer erfährt, dass die Landfrauen die Teilnahme am Wettbewerb »Bayern, schönstes Bayern« boykottieren wollen. Denn sie fühlen sich vom Bürgermeister betrogen. Doch hinter Schattenhofers Plan, am Wettbewerb teilzunehmen, steckt viel mehr als nur Lansing im rechten Licht zu präsentieren. Geschickt setzt er dabei Hubert sogar gegen seine eigene Frau ein. Veronika schießt übers Ziel hinaus und wirft Caro aus dem Brunnerwirt. Selbst Max kann seine Frau nicht zum Einlenken bewegen. Zum Unmut seiner Mutter stellt sich auch Ludwig auf die Seite seiner Freundin. Rosi und Joseph können ihre gemeinsame Zeit nicht wirklich genießen. Franz und Theresa können sich nur schwer an das neue Liebespaar gewöhnen. Da scheint der alte Kirchleitner plötzlich seine Meinung zu ändern.

Folge 62: Die liebe Familie

Maria hat sich von Hubert einwickeln lassen und will nun doch anstelle von Annalena den Vorsitz bei den Landfrauen übernehmen. Annalena

klärt Maria zwar über die wahren Beweggründe von Hubert auf, doch diese schenkt ihr keinen Glauben. Ludwig und Florian sind sauer auf ihre Mutter, dauernd mischt sie sich in Dinge ein, die sie nichts angehen! Nach einem heftigen Streit verlassen beide das Haus. Während Ludwig zu Caro geht und sich mit ihr versöhnt, bleibt Florian allein zurück. Rosi und Joseph beschließen,

Die Geschichten aus Lansing

Ludwig die Fetzen. Schließlich spricht Joseph ein Machtwort. Und Veronika muss sich bei Caro schweren Herzens für ihr Verhalten entschuldigen.

Folge 64: Verräter in den eigenen Reihen

Apotheker Bamberger ist stolz, dass Franz ihn als nächsten Bürgermeister von Lansing sieht. Unterdessen erfährt Hubert, dass sein eigener

den Streitereien von Franz und Theresa keine Beachtung mehr zu schenken. Sie haben sogar eine Überraschung für die zwei Sturköpfe in petto.

Folge 63: Der einzige Zeuge

Maria zieht ihre Konsequenzen und lässt den verdatterten Hubert einfach stehen. Doch nicht nur von seiner Frau weht ihm ein eisiger Wind entgegen. Auch Franz lässt wieder einmal durchblicken, dass er von den Qualitäten seines Enkels nicht allzu viel hält. Als Hubert sich

Opa ihm einen Gegenkandidaten vor die Nase gesetzt hat. Wütend und enttäuscht fühlt er sich von seiner Familie verraten. Florian ist zunehmend unglücklich mit seiner Arbeit in der Metzgerei. Sein ganzes Leben mit diesem Job zu verbringen, kann er sich wirklich nicht vorstellen. Als überraschend Laura Munzinger auftaucht, scheint sich eine willkommene Abwechslung zu bieten. Unsicher sucht Caro Rat bei Saskia. Schließlich hat die Freundin aus Frankfurt schon Erfahrung in Liebesdingen. Allerdings geht Saskias gut gemeinte Unterstützung gewaltig nach hinten los.

weigert, zu Franz' Bedingungen für das Amt des Bürgermeisters zu kandidieren, sucht sich der alte Kirchleitner kurzerhand einen anderen Kandidaten. Xaver plagt das schlechte Gewissen, weil er Schattenhofers »Ideendiebstahl« bei den Landfrauen nicht für gutheißen kann. Er muss jemandem sein Herz ausschütten! Zwischen Veronika und Max fliegen wegen Florian und

Folge 65: Verzeih mir

Hubert ist verzweifelt und will seine Kandidatur für das Bürgermeisteramt zurückziehen. Außerdem setzt ihm der Streit mit Maria zu. Unterdessen sucht Huberts Gegenkandidat Bamberger das Gespräch mit Franz. Max versucht mit allen Kräften, den Familienbetrieb zusammenzuhal-

ten. Für ihn steht fest, sein jüngster Sohn wird die Metzgerei übernehmen! Hinzu kommt noch die finanzielle Bedrohung durch den Discount-Supermarkt im Nachbarort. Caro versöhnt sich mit Saskia. Doch die Situation mit Ludwig ist noch nicht geklärt. Dieser hält derweil Zuspruch von Joseph und beschließt, um seine Beziehung zu kämpfen.

Folge 66: Lügen und Geheimnisse

Ohne Gegenkandidat wähnt sich Hubert bereits als nächster Bürgermeister von Lansing. Mit einer regelrechten Charmeoffensive schafft er es sogar, Annalena zu besänftigen und sichert sich so die Unterstützung der Landfrauen. Doch als Annalena ihm auf die Schliche kommt, wird zu aller Überraschung ausgerechnet seine Frau Maria aktiv. Als Saskia auch vom australischen Konsulat keine Informationen über ihren vermeintlich toten Vater erhält, zieht sie sich tief enttäuscht zurück. Dann hört Caro ein Gespräch und hat schockierende Neuigkeiten für ihre Freundin. Florian nimmt sich eine »Auszeit« von der Metzgerei. Als er mit stundenlanger Verspätung zurückkehrt, gerät er sofort in Streit mit seinem Vater. Dabei verliert der durch die finanzielle Krise ohnehin schon angeschlagene Max die Nerven.

Folge 67: Väter und Verräter

Annalena ist von Marias Vorschlag völlig überrumpelt. Sie bittet sich eine Bedenkzeit aus und bespricht sich mit ihrer Familie. Während The-

resa begeistert reagiert, hat Joseph Vorbehalte. Er befürchtet, dass der Familienkrieg zwischen den Kirchleitners und den Brunners durch Annalenas Ambitionen auf das Bürgermeisteramt wieder aufflammt. Saskia beschließt, ihre Mutter vorerst nicht zur Rede zu stellen. Gemeinsam

Die Geschichten aus Lansing

mit Caro macht sie sich heimlich selbst auf die Suche. Wer von den Lansingern könnte ihr Vater sein? Nach einem Gespräch mit seiner Mutter sieht Florian ein, dass Max wegen der Konkurrenz durch den Discount-Supermarkt unter erheblichen Druck steht. Er beschließt, seinem Vater zu helfen, doch die erhoffte Anerkennung bleibt aus.

Folge 68: Böse Überraschungen

Das Gerücht von Annalenas Kandidatur für das Amt der Bürgermeisterin dringt bis zu Hubert durch. Daraufhin versucht dieser, die Brunnerin

zum Rückzug zu bewegen. Doch Annalena will sich noch nicht festlegen. Das wiederum ruft Franz auf den Plan. – Die Enttäuschung über die Lüge ihrer Mutter sitzt tief bei Saskia. Aus Angst vor weiteren unangenehmen Überraschungen will sie nicht mehr nach ihrem wahren Vater suchen. Doch als Rosi eine scherzhafte Bemerkung fallen lässt, ist für Saskia klar, welcher Lansinger ihr Vater sein könnte. Getroffen durch die Zurechtweisung von Max lässt Florian sich von Laura zu einem weiteren heimlichen Ausflug überreden. Wenig später plagt den jüngsten der Brunners jedoch sein schlechtes Gewissen. Reumütig kehrt er nach Hause zurück. Und wird dort mit einem ungeheuerlichen Verdacht konfrontiert.

Folge 69: Stunde der Wahrheit

Annalena erklärt den Landfrauen, dass sie für den Posten der Bürgermeisterin kandidieren will. Zu ihrer Enttäuschung hält sich die Begeisterung

der Lansingerinnen allerdings in Grenzen. Florian ist fassungslos. Sein Vater glaubt tatsächlich, dass er Geld aus der Kasse der Metzgerei gestohlen hat und spricht kein Wort mehr mit seinem Sohn. Für Saskia ist klar, ausgerechnet Hubert Kirchleitner ist ihr Vater. Völlig überfordert will sie Abstand von der ganzen Situation gewinnen und beschließt, ihre Freundin Daniela in Paris zu besuchen. Dann belauscht sie einen Streit, der ihre Meinung über den Haufen wirft.

Folge 70: Suche Vater, biete Tochter

Annalena und ihre Landfrauen sagen Hubert und Schattenhofer den Kampf um das Amt des

Bürgermeisters an. Nach Lauras Geständnis und Max' Entschuldigung bei seinem Sohn versöhnt sich Florian mit seinem Vater. Mit Laura hat er allerdings noch ein Hühnchen zu rupfen. Unterdessen erkennt Max, dass Florian als Metzger nie wirklich glücklich werden wird. Saskia ist erleichtert, weil Hubert auf keinen Fall ihr Vater sein kann. Mit Caros Unterstützung sucht sie in Annalenas Zimmer nach weiteren Hinweisen. Tatsächlich werden die beiden fündig.

Folge 71: Ärger liegt in der Luft

Florian darf endlich die heiß ersehnte Ausbildung zum Kfz-Mechatroniker machen. Mit Feuereifer beginnt er seine Arbeit in der Werk-

statt. Doch Mike plagen Zweifel, ob er Florian als Lehrling überhaupt finanzieren kann. Schließlich teilt er Trixi seine Sorgen mit. Caroline und Saskia sind sich sicher, dass Quirin Saskias Vater ist. Ihre Meinung bestätigt sich, als dieser mit nach Lansing kommt und dort herzlich von Theresa und Annalena aufgenommen wird. Saskia scheint am Ziel ihrer Suche. Hubert ist tief getroffen, weil ausgerechnet seine Frau den Vorschlag für Annalenas Kandidatur zur Bürgermeisterin gemacht hat. Es kommt zum Streit zwischen den beiden. Verzweifelt sucht Maria Rat bei Pfarrer Neuner. Schließlich hat sie aus edlen Motiven gehandelt. Eine Versöhnung zwischen den Eheleuten ist jedoch nicht einfach.

Folge 72: Spurensuche

Theresa ist begeistert von Quirin und stellt einiges an, damit Annalena Zeit mit ihrem Jugendfreund verbringt, was Saskia belustigt beobach-

tet. Das Fotoshooting für die Wahlkampfplakate läuft. Auch Maria hat sich bereit erklärt, an Huberts Seite als liebende Ehefrau zu posieren. Als sie merkt, was Hubert damit erreichen will, muss sie ihre Meinung noch mal überdenken. Mike ist ratlos. Einerseits kann er sich einen Lehrling nicht leisten, andererseits bringt er es nicht übers Herz, Florian abzusagen.

Folge 73: Föhn

Florian ist tief betrübt, weil aus seiner Lehre zum Kfz-Mechatroniker nichts wird. Für Max steht fest, wenn Florian keine Lehrstelle bekommt, muss er doch eine Ausbildung in der Metzge-

rei beginnen. Unterdessen sucht Mike nach einer Lösung, um Florian doch noch anzustellen. Dafür will er sogar ein großes Opfer bringen. – Trotz ihrer Unstimmigkeiten respektiert Hubert den Wunsch seiner Frau, das gemeinsame Foto nicht für den Wahlkampf zu verwenden. Maria will sich nicht auf diese Art öffentlich gegen die alleinerziehende Annalena stellen. Allerdings hat Hubert die Rechnung ohne Bürgermeister Schattenhofer gemacht. Saskia und Caro erfahren von Quirins Beziehung zu Fritz. Damit scheiden beide als potenzielle Väter aus. Das angespannte Verhältnis von Mutter und Tochter beginnt sich zu beruhigen.

Folge 74: Wahlkampf-Folgen

Durch Xaver erfährt Maria, dass ihr Foto mit Hubert ohne ihre Zustimmung für den Wahlkampf-Flyer verwendet wurde. Sie ist entsetzt

und glaubt, ihr Mann habe sie wieder einmal übergangen. Als sie jedoch hört, wie Hubert Schattenhofer erzürnt zur Rede stellt, ändert sie ihre Meinung. Dennoch fürchtet Maria, dass Huberts Politengagement ihre Ehe zu stark verändern könnte. Caroline muss notgedrungen ihre Homestory für Annalenas Homepage schreiben, damit ihr und Saskias Schwindel nicht auffliegt. Unterdessen glaubt Ludwig, dass auch Caro auf der Suche nach ihrem Vater ist. Er beschließt, seiner Freundin dabei zu helfen und findet einiges heraus. Caro ist davon nicht begeistert. Max und Mike geraten über die Lehrstellensituation mit Florian in Streit. Schließlich hat Trixi eine Idee, wie allen Parteien geholfen werden kann.

Folge 75: Verborgene Väter

Saskia und ihr Cousin Flori überlegen gemeinsam, wie er sich bei Trixi bedanken kann. Schließlich hätte es ohne sie nicht mit der Aus-

bildung bei Mike in der Werkstatt geklappt. Die beiden wollen Trixi einen kinderfreien Nachmittag schenken. Theresa ist der enge Kontakt zu den Preissingers gar nicht recht. Hubert erklärt seiner Frau, dass er den Wahlkampf durchziehen will. Maria zieht sich enttäuscht zurück. Unterdessen zieht im Brunnerwirt ein Gast ein. Ralph Bäumler, der aushilfsweise als Religionslehrer in Baierkofen unterrichtet. Da Pfarrer Neuner dienstlich unterwegs ist, übernimmt Maria den Termin mit Bäumler. Caro sucht nach dem Streit mit Ludwig Unterschlupf bei ihrer Mutter. Bei dem Mutter-Tochter-Gespräch gibt Caro im Zorn Burgl die Schuld an der Situation mit ihrem Vater.

Folge 76: Die leichtesten Übungen

Genervt kehrt Saskia vom Ausflug mit den Preissingers zurück. Vor allem der kleine Christian zehrt an ihren Nerven. Theresa nimmt das mit Genugtuung zur Kenntnis, schließlich ist ihr jeder Kontakt zwischen Saskia und Mike ein Dorn im Auge. Maria genießt die Zeit mit Ralph Bäumler, lenkt der hilfsbereite Lehrer sie doch von ih-

ren Problemen mit Hubert ab. Dieser hingegen versucht alles, um das Verhältnis zu seiner Frau wieder zu verbessern. Außerdem wird er zunehmend eifersüchtig auf den Religionslehrer, der Maria auch noch bei der Vorbereitung auf ihre Mesnerprüfung hilft. Caro muss jetzt Annalenas Homestory schreiben. Gemeinsam mit Ludwig führt sie deswegen einige Interviews. Für Joseph ist seine Tochter die beste Kandidatin, für Rosi kommt hingegen nur Hubert als nächster Bürgermeister in Frage.

Folge 77: Die Invasion

Saskia kehrt fröhlich von ihrem Besuch bei den Preissingers zurück und erzählt Annalena begeistert, wie gut sie sich mit Trixi verstanden hat. Bei Theresa schrillen deswegen alle Alarmglocken. Schließlich hat nur ihr vermeintlich genialer Plan dazu geführt, dass Saskia mehr Zeit bei den Preissingers verbringt. Hubert ist enttäuscht und eifersüchtig, weil Maria wegen ihrer Prüfungsvorbereitungen mehr Zeit mit Ralph Bäumler verbringt als mit ihm. Im Brunnerwirt ertränkt er seinen Frust. Da taucht überraschend eine alte Bekannte auf und macht Hubert schöne Augen. Die gesperrte Umgehungsstraße hat ein regelrechtes Verkehrschaos zur Folge. Xaver wird fast von einem Auto angefahren und traut sich danach gar nicht mehr, den Brunnerwirt zu verlassen. Nur Anderl kann ihn beruhigen.

Folge 78: Ruhm und Glauben

Trixi hat eine Idee, wie Saskia sich Geld für den Führerschein sparen kann. Unterdessen verbietet Annalena ihrer Oma jegliche weitere Einmi-

schung bei Saskias Umgang mit den Preissingers. Theresa tut so, als ob sie sich mit der Rolle der wachsamen Beobachterin zufriedengibt. Der enttäuschte Hubert behauptet vor Rosi,

Die Geschichten aus Lansing

dass Maria mit Bäumler ein Techtelmechtel hat. Diese stellt daraufhin ihre ahnungslose Schwiegertochter zur Rede. Währenddessen trifft sich Hubert heimlich mit Uschi und wird dabei erwischt. Um das Verkehrschaos im Ort zu lösen, plant Annalena eine Verkehrsberuhigung des Lansinger Ortskerns. Allerdings sind nicht alle Lansinger von ihrem Vorschlag begeistert.

Folge 79: Anschnallen, bitte!

Mit Feuereifer treibt Annalena ihren Plan von der Verkehrsberuhigung des Lansinger Ortskerns voran. Jetzt gilt es, Schattenhofer davon zu überzeugen. Schließlich gehört der Vorderacker, auf dem die Parkplätze entstehen sollen, der Ge-

meinde. Überraschenderweise zeigt sich der Bürgermeister verständnisvoll und verspricht seine Unterstützung. Marias Lerngruppe mit Bäumler wird mehr und mehr zum Tratschthema in Lansing, worunter Maria zunehmend leidet. Außerdem ist sie immer noch schlecht auf Hubert zu sprechen, der sie mit seinen Unterstellungen bei Rosi angeschwärzt hat. Doch als er sich am Tag ihrer Prüfung zur Mesnerin rührend bei ihr entschuldigt und ihr seine Eifersucht gesteht, versöhnt sie sich mit ihm. Saskia hat ihre erste private Fahrstunde von Mike bekommen und ist begeistert. Die beiden vereinbaren jedoch, dass sie niemandem davon erzählen. Dabei haben sie jedoch nicht mit Theresas detektivischem Spürsinn gerechnet!

Folge 80: Einparkhilfe

Annalena sieht sich nach Schattenhofers Zusage für den Parkplatzbau am Vorderacker am Ziel. Der Bürgermeister allerdings hat ganz ei-

gene Pläne mit dem Gemeindegrundstück im Sinn und will, dass Hubert die Lorbeeren dafür erntet. Zu Schattenhofers Erstaunen lehnt Franz das Projekt komplett ab. Pfarrer Neuner schafft es, die aufgelöste Maria doch noch zur Mesnerprüfung zu bewegen. Während Ralph Bäumler Maria nach Freising begleitet, nimmt sich Neuner Hubert zur Brust. Saskia und Mike können im letzten Moment verhindern, dass Theresa hinter ihr Geheimnis mit den heimlichen Fahrstunden kommt. Doch die alte Brunnerin lässt sich nicht so leicht abschütteln.

Folge 81: Verkehrte Beruhigung

Saskia erhält von ihrer wütenden Uroma eine Standpauke wegen ihrer heimlichen Fahrstunden. Auch Mike muss sich von der alten Brunnerin einiges anhören. Allerdings geben Annalena und Theresa nur vor, allein wegen Saskias Sicherheit gegen den Fahrunterricht zu sein. Schließlich hat Annalena eine Idee, wie sie Saskias Umgang mit Mike einschränken kann. Hubert versucht, gut Wetter bei Maria zu machen. Dabei tritt er jedoch wieder einmal ins Fettnäpfchen und eine Versöhnung scheint in weite Ferne zu rücken. Unterdessen erfährt Bäumler von Pfarrer Neuner von den Schwierigkeiten in der

festen Vorsatz, Mike noch einmal gehörig die Meinung zu sagen, auf in die Werkstatt. Maria spricht sich mit Bäumler aus und kann ihn überzeugen, dass ihre Treffen nichts mit den Problemen in ihrer Ehe zu tun haben. Hubert plagt jedoch weiterhin die Eifersucht.

Ehe der Kirchleitners. Der Religionslehrer fasst einen Entschluss. Franz will unter allen Umständen verhindern, dass auf dem Vorderacker ein Parkplatz gebaut wird.

Folge 82: Unterirdische Machenschaften

Franz gerät unter Druck und verrät Schattenhofer, warum er sich vehement gegen den Parkplatzbau sträubt. Die beiden vereinbaren gegenseitiges Stillschweigen. Außerdem hat Franz bereits einen Plan, wie er Annalena davon abhalten kann, den Parkplatz auf dem Vorderacker zu bauen. Sollte sie nicht darauf eingehen, bedeutet das schlimmstenfalls den Ruin der Kirchleitner Brauerei! Saskia ist begeistert, weil sie endlich mit den Fahrstunden in der Fahrschule beginnen kann. Annalena hat sich mit Mike ausgesöhnt und ihm den privaten Unterricht verziehen. Theresa hingegen macht sich mit dem

Folge 83: Eifersucht ist eine Kraft

Rosi weigert sich zwar, ihrem Vater dabei zu helfen, den Parkplatzbau am Vorderacker zu verhindern, verspricht aber Stillschweigen. Auch

gegenüber Joseph verliert sie kein Wort über das Geheimnis ihres Vaters. Das führt zu Unstimmigkeiten zwischen den beiden, denn Joseph ist verletzt über Rosis mangelndes Vertrauen zu ihm. Burgl hat Caros Einladung zum Vorsingen an der Musikschule verbummelt. Jetzt hat ihre Tochter nur noch einen Tag Zeit zur Vorbereitung. Über ihr gemeinsames Singen

mit Bäumler vernachlässigt Maria ihre Arbeit als Mesnerin. Dadurch ziemlich in Eile stößt sie Hubert, der verzweifelt eine Aussprache sucht, unabsichtlich vor den Kopf. Als er auch noch mitbekommt, dass er Mittelpunkt des Dorfklatsches ist, platzt Hubert der Kragen.

Folge 84: Bittere Wahrheit

Veronika erzählt der schockierten Maria von Huberts Auseinandersetzung mit Bäumler. Tief enttäuscht stellt Maria ihren Mann zur Rede

und verlangt, dass er sich bei Bäumler entschuldigt. Der Religionslehrer ist der Meinung, dass ein klärendes Gespräch zwischen Männern die Situation entschärfen wird. Rosi wird misstrauisch, als sie Franz und Schattenhofer fröhlich im Haus der Kirchleitners antrifft. Franz' Sorge, dass sein Geheimnis auffliegt, scheint verflogen. Saskia verbringt einen Nachmittag in der Werkstatt, weil weder Mike noch Florian Zeit haben, ihr Fahrrad zu reparieren. Zunächst belustigt, muss Florian einsehen, dass seine Cousine ein Talent fürs Schrauben hat. Eine weitere Bemerkung von Saskia macht Mike stutzig.

Folge 85: Lansing und seine Wunde

Maria ist von Huberts Behauptung, sie sei in Bäumler verliebt, tief getroffen. Schweren Herzens entschließt sie sich zum Wohl ihrer Ehe auf weitere Treffen mit Bäumler zu verzichten. Doch damit sind die Probleme zwischen ihr und Hubert noch lange nicht gelöst. Rosi weiht Joseph in das Geheimnis der Kirchleitners ein. Sie beschließen, Franz mit seinen eigenen Waffen zu schlagen und hecken einen ungewöhnlichen Plan aus. Dazu brauchen sie Xaver und dessen Wünschelrute. Saskia macht sich nach Trixis Anleitung mit Feuereifer daran, eine eigene Creme herzustellen. Dabei teilt nur einer Saskias Vorliebe für Kümmel, den sie dafür verwendet.

Folge 86: Schmerzliche Erkenntnis

Rosis und Josephs Plan ist aufgegangen und Franz muss Farbe bekennen. Unter Druck erklärt sich der alte Kirchleitner tatsächlich bereit, künftig für die Wassernutzung der entdeckten Lansinger Quelle zu zahlen. Allerdings hat niemand mit Theresas eifrigem Einsatz gerechnet. Sie will den Gästen im Brunnerwirt zukünftig »Lansinger Quellwasser« servieren. Maria und Hubert geraten immer mehr in eine Ehekrise. Während

Hubert den Platzhirsch markiert, distanziert sich Maria immer mehr. Mike ist davon überzeugt, Saskias Vater zu sein und ist deswegen völlig durch den Wind. Sowohl bei der Arbeit als auch beim Schafkopf wirkt er fahrig und nervös. Sogar seinen besten Freund Anderl versucht er, mit einer hanebüchenen Geschichte abzuwimmeln. Doch Anderl erkennt, was der wahre Grund für Mikes Verhalten ist.

Folge 87: Ausgebremst

Theresa ist fest entschlossen, die Quelle am Vorderacker gewinnbringend zu nutzen. Weil Franz nicht zur Kooperation bereit ist, stellt sie gegen den Widerstand ihrer Familie einen Kreditantrag. Mit einer eigenen Abfüllanlage steht ihrem Plan vom »Echt Lansinger Wasser« nichts mehr im Wege! Dann unterbreitet Schattenhofer der alten Brunnerin eine Hiobsbotschaft. Anderl und Mike sprechen sich aus und vertragen sich wieder. Allerdings erfährt Anderl nicht, wer als uneheliches Kind in Frage kommen könnte. Mike leidet unter dem zunehmenden Druck und hat außerdem Angst, dass seine Familie daran zerbrechen könnte. Bamberger und Burgl versuchen, zwischen Maria und Hubert zu vermitteln. Sie laden die Kirchleitners zu einem gemeinsamen Ausflug ein. Doch die Situation eskaliert. Unterdessen entschließt sich Bäumler, Lansing zu verlassen.

Folge 88: Schonfrist

Mit dem negativen Gutachten für das Lansinger Quellwasser zerplatzt Theresas Geschäftsidee. Rosi und Joseph sind sich allerdings sicher, dass

Schattenhofer ein gefälschtes Gutachten abgegeben hat. Durch einen Tipp von Rosi gibt Theresa ihren Plan noch nicht auf. Nach dem Kuss mit Bäumler ist Maria völlig verwirrt. Innerlich

zerrissen sucht sie Rat bei Pfarrer Neuner. Doch auch der kann ihr die Entscheidung nicht abnehmen. Hubert erkennt, wie sehr seine Frau leidet. Obwohl er große Angst hat, sie zu verlieren, macht er ihr einen ungewöhnlichen Vorschlag. Mike ist sich jetzt sicher, dass er der Vater von Saskia ist. Er stellt Annalena zur Rede und will endlich die Wahrheit wissen. Diese leugnet jedoch weiterhin seine Vaterschaft.

Folge 89: Wasser – Marsch!

Dank Rosis Tipp schafft Theresa es, Franz zum Einlenken zu bewegen. Dem alten Kirchleitner bleibt nichts anderes übrig, als die Lansinger

Quelle mit ihr zu teilen. Doch das jähe Auftauchen einer Polizeibeamtin verursacht ein ungutes Gefühl bei Franz und Schattenhofer. Burgl tröstet die verzweifelte Maria und macht ihr klar, dass Hubert mit seinem Angebot einer Bedenkzeit um ihre Liebe kämpft. Doch erst nach einem Treffen mit Bäumler fällt Maria ihre Entscheidung. Annalena ist mit den Nerven am Ende, weil Mike herausgefunden hat, dass er als Vater von Saskia infrage kommt. Jetzt scheint alles einzutreten, vor dem sie sich immer gefürchtet hat.

Folge 90: Volltreffer

Mike setzt Annalena zunehmend unter Druck. Er will endlich wissen, ob er der Vater von Saskia ist. Annalena ist verzweifelt. Sie hat Angst, ihre Tochter zu verlieren und gleichzeitig die Familie Preissinger zu zerstören. Annalena sucht nach einem Ausweg. Caro ist von der Aufnahmeprüfung an der Musikschule zurück. Sie hält sich aber äußerst bedeckt. Ludwig hat das Gefühl, dass seine Freundin etwas vor ihm verheimlicht. Zu Schattenhofers Erleichterung entpuppt sich die fremde Polizeibeamtin nur als neue Kollegin von Anderl. Renée und Anderl können sich jedoch von Anfang an nicht besonders gut riechen, trifft doch Nordlicht auf bayerisches Urgestein.

Folge 91: Entscheidungen gefragt!

Annalena sucht einen Ausweg, bevor die Wahrheit über Saskias Vater ans Licht kommt. Letztendlich kann sie sich nicht von der neuen alten Heimat trennen, wird aber von Theresa dazu angehalten, das Vatergeheimnis weiter zu hüten. – Ludwig erhält seinen Musterungsbescheid. Daraufhin hat jeder in seiner Familie einen klugen

Ratschlag für ihn parat. Während Max vom eigenen Wehrdienst berichtet und Ludwig bei der Bundeswehr sehen will, plädiert Veronika für den Zivildienst. Renée und Anderl liegen sich während der gemeinsamen Dienstzeit ständig in den Haaren. Anderl markiert den Platzhirsch, der sich von der norddeutschen Kollegin nichts sagen lassen will. Seine Versuche scheitern jedoch kläglich als auch noch sein Dienstwagen gestohlen wird.

Folge 92: Mannsbilder

Mike hat von Annalena endlich die Gewissheit erhalten, dass er Saskias Vater ist. Annalena will aber gegenüber ihrer Tochter und allen anderen

weiterhin Stillschweigen bewahren. Unterdessen regen sich bei Trixi Zweifel, allerdings nur was Annalenas Eignung in Sachen Bürgermeisterwahl betrifft. Während Franz widerwillig auf

Kur fährt, läuft der Wahlkampf für Hubert auf Hochtouren. Zwar nähert er sich Maria wieder an, doch noch ist seine Frau nicht bereit, ihn bei der Kandidatur zum Bürgermeister aktiv zu unterstützen. Anderl ist beleidigt, weil Renée mit »seinem« Dienstwagen weggefahren ist – und das, ohne ihn zu fragen! Er will ihr daraufhin zeigen, was ein richtiger Lansinger Cop ist.

Folge 93: Gute Ratschläge

Annalena gerät zunehmend unter Druck. Die Landfrauen spüren, dass sie ein Geheimnis hat und vertrauen ihr nicht mehr uneingeschränkt. Trixi, die den Stein ins Rollen gebracht hat, entschuldigt sich zwar, doch Annalena gerät ins

Grübeln, ob sie die Kandidatur zurückziehen soll. Ludwig bekommt von allen gut gemeinte Ratschläge, wie er sich in Sachen Bund oder Zivildienst entscheiden soll. Max gibt Renée Unterricht in Sachen Bayern. Neben Weißwurstzutzeln steht natürlich auch Schafkopf auf dem Programm. Als wenig später bei der abendlichen Kartelrunde ein Spieler fehlt, fällt Anderl vor Schreck die Kinnlade herunter. Denn der vierte Mann ist eine Frau.

Folge 94: Daneben ist auch vorbei

Die Landfrauen sind schockiert, weil Annalena tatsächlich ihre Kandidatur zurückgezogen hat. Vor allem Trixi plagt das schlechte Gewissen. Bei Schattenhofer und Hubert ist die Freude dage-

Die Geschichten aus Lansing

gen groß. Unterdessen startet Xaver unabsichtlich eine Aktion, die Annalenas Entschluss noch einmal ins Wanken geraten lässt. – Anderls Laune sinkt, als er beim Schafkopf mit Renée verliert. Als Revanche fordert er seine Kollegin noch einmal zum Wettschießen heraus. Bamberger fungiert als Schiedsrichter und tatsächlich geht der Sieg dieses Mal scheinbar eindeutig an Anderl. Caro vertraut ihrer Freundin Saskia an, dass sie mehr von Ludwig möchte als nur zärtliche Küsse. Auch Ludwig fiebert dem »ersten Mal« der beiden entgegen. Natürlich spart sein kleiner Bruder Florian nicht mit klugen Ratschlägen.

Projekt der Landfrauen für »Bayern, schönstes Bayern« noch rechtzeitig einzureichen. Als Anderl mitbekommt, dass Renée ihn absichtlich das Wettschießen gewinnen ließ, reagiert er beleidigt. Zerknirscht entschuldigt sich Renée bei ihrem Kollegen. Nach ihrem gemeinsamen ersten Mal schweben Caro und Ludwig auf Wolke Sieben. Als Veronika zufällig davon erfährt, ist sie entsetzt. Ihr »Kleiner« hat tatsächlich schon Sex! Max schafft es jedoch, seine Frau charmant zu beruhigen.

Folge 96: »Vater sein dagegen sehr«

Der siegessichere Bürgermeister lässt sich nicht stoppen. Schließlich ist das Konzept der Landfrauen für den Wettbewerb »Bayern, schönstes Bayern« Schattenhofers erster Schritt in Richtung Landrat. Doch so einfach lassen sich Annalena und die Landfrauen nicht vor den Karren spannen. Mike kann mit seiner überraschenden

Folge 95: Verkehrschaos

Annalena zieht nun doch als Bürgermeisterkandidatin in den Wahlkampf. Von allen Seiten erhält sie begeisterten Zuspruch. Nur Bürgermeister Schattenhofer ist nicht gerade angetan. Außerdem hat er alle Hände voll zu tun, um das

Vaterschaft nicht umgehen und weiß nicht, wie er sich Saskia gegenüber verhalten soll. Aus Unsicherheit stößt er seine Tochter vor den Kopf. Auch Trixi wundert sich über die Launen ihres Mannes. Verzweifelt sucht Mike Rat bei Pfarrer Neuner. Zwischen Renée und Anderl gibt es nach wie vor Reibereien. Anderl fühlt sich bevormundet, doch Renée hat mit Hilfe von Veronika die Idee, ihn mit den Waffen einer Frau zu schlagen.

Folge 97: Zeit zu beichten!

Mike ist völlig durch den Wind und vernachlässigt seine väterlichen Pflichten. Auch seine Beziehung zu Trixi leidet zunehmend. Schließlich entscheidet er sich, ihr und Saskia die Wahrheit zu sagen. Nachdem aus seiner Kandidatur zum Landrat nichts wird, gibt Schattenhofer sich trotzdem kämpferisch. So leicht lässt er sich aus dem Politgeschäft nicht verdrängen und schon gar nicht von Annalena! Auf Rat von Veronika gibt sich Renée weiterhin als hilfloses Weibchen, wenn auch widerstrebend. Die Brunnerin ist davon überzeugt, dass man auf diese Art jeden Mann um den Finger wickelt.

Folge 98: Rücktritt mit Folgen

Schattenhofer kämpft mit harten Bandagen. Um wieder als Bürgermeister gewählt zu werden, ist ihm jedes Mittel Recht. Dafür zieht er sogar Annalena in den Schmutz. Trixi glaubt Mike, dass seine Launen mit dem Stress in der Werkstatt zusammenhängen. Schließlich entspannt sich auch das Verhältnis zwischen Mike und Saskia langsam wieder, als sie ihm beim Großauftrag in der Werkstatt hilft. Anderl und Renée stellen fest, dass Veronika beide von ihnen mit guten »Tipps« überhäuft hat und sie offensichtlich verkuppeln wollte. Sie beschließen, Veronika einen Denkzettel zu verpassen.

Die Geschichten aus Lansing

Folge 99: Schuldgefühle

Im Brunnerwirt laufen die Vorbereitungen für Saskias 18. Geburtstag auf Hochtouren. Alle packen mit an, damit die Überraschungsparty

Folge 100: Happy Birthday!?

Saskias 18. Geburtstag läuft anders, als sie ihn sich vorgestellt hat. Niemand hat richtig Zeit für sie. Dabei ahnt sie nicht, dass die Vorbereitungen für ihre Party in vollem Gange sind. Unterdessen leidet Annalena zunehmend, weil sie sieht, wie sehr Saskia einen Vater vermisst. Deswegen entschließt sie sich, ihrer Tochter noch eine ganz

gelingt. Unterdessen sieht sich Annalena mehr und mehr gezwungen, ihrer Tochter endlich die Wahrheit über Mike zu sagen. Hubert gibt sich nach Annalenas Rücktritt selbstbewusst und glaubt, den Wahlsieg so gut wie in der Tasche zu haben. Schließlich kann er jetzt auch auf die Unterstützung der Landfrauen zählen. Doch seine Großspurigkeit geht nicht nur Maria auf die Nerven. Anderl und Renée freuen sich über den gelungenen Streich, den sie Veronika gespielt haben. Verkupplungsversuche sind bei ihnen nämlich fehl am Platz. Schließlich sind sie nur gute Kollegen.

besondere Geburtstagsüberraschung zu bereiten. – Die Wahl zum Lansinger Bürgermeister steht an. Während Schattenhofer betont siegessicher auftritt, ist Hubert zunehmend verunsichert. Schließlich hat Maria seinem Höhenflug einen herben Dämpfer verpasst. Als die Wahlzettel ausgezählt sind, steht der Sieger mit nur einer Stimme Vorsprung fest.

Folge 101: Neues Spiel, neues Glück?

Saskia ist nach Annalenas Beichte wie versteinert. Mit der Neuigkeit, dass ausgerechnet Mike ihr Vater ist, muss sie erst einmal fertig werden. Auch Annalena ist erschöpft und macht sich außerdem große Sorgen um ihre Tochter, die sich völlig zurückzieht. Nach seiner Wahl zum Bürgermeister steigt Hubert euphorisch ins Politgeschäft ein. Bürgernah und herzlich möchte er sein und versucht, den Lansingern entgegenzukommen. Allerdings geht er seine neuen Aufgaben etwas übermotiviert an. Anderl und Renée verstehen sich immer besser. Offensichtlich ist die preußisch-bayerische Kluft endgültig überwunden. Natürlich sind die beiden dabei »nur« Freunde.

Folge 102: Keine Chance

Sowohl Saskia als auch Mike sind mit der neuen Vater-Tochter-Situation überfordert. Annalena kommt nicht mehr an ihre Tochter heran. Zudem

wird Saskia auch klar, dass sogar ihre liebe Uri das Spiel mitgespielt hat. Mit Feuereifer macht Hubert sich an die Arbeit als Bürgermeister. Er will eine Poststation nach Lansing bringen und außerdem eine Bürgersprechstunde einrichten. Als bürgernaher Politiker hat er schließlich stets ein offenes Ohr für »seine« Lansinger. Zähneknirschend nimmt Schattenhofer zur Kenntnis, dass die Gemeinde davon begeistert ist. Renée und Anderl genießen die gemeinsame Dienstzeit. Die kühle Norddeutsche hat akzeptiert, dass in Bayern die Uhren anders ticken als an der »Waterkant«. Außerdem findet sie den Lansinger Cop mehr als sympathisch.

Folge 103: Lügen haben kurze Beine

Die verletzte Saskia kann Annalena und Theresa die Lügen nicht verzeihen. Auf keinen Fall will sie mit ihrer Mutter und ihrer Uroma noch länger unter einem Dach leben! Hubert vernachlässigt als Bürgermeister zunehmend seine Pflichten in der Brauerei. Rosi befürchtet außerdem, dass die Lansinger ihren Ziehsohn ausnutzen und ihn unter dem Deckmantel des Gemeindewohls für alle möglichen Dinge einspannen. Als auch noch ein Großkunde abspringt, platzt Franz der Kragen. Anderl ist zwi-

schen Romina und Renée hin- und hergerissen. Während Romina sich über sein distanziertes Verhalten wundert, geht Renée gekränkt auf Abstand zu ihrem Kollegen. Der arme Anderl sitzt in der Zwickmühle!

Folge 104: Der Preis der Macht

Annalena versucht alles, um ihre Tochter wieder nach Hause zurückzuholen. Verzweifelt muss sie jedoch erkennen, dass Saskia momentan nur

ihre Ruhe will. Auch auf eine Aussprache hat Saskia keine Lust. Unterdessen kommen dank Schattenhofers »Hilfe« immer mehr Lansinger zur Bürgersprechstunde. Mit belanglosen Problemen nehmen sie Hubert komplett in Beschlag. Zunächst hoch motiviert, wächst dem neuen Bürgermeister die ganze Sache bald über den Kopf. Romina ist nach Anderls Geständnis über sein Gefühlschaos niedergeschlagen. Caro tröstet sie und schlägt ihr vor, wieder als Aushilfe beim Brunnerwirt zu arbeiten. Außerdem hat sie noch einen weiteren, verhängnisvollen Rat für Romina.

Folge 105: Wut im Herzen

Zu Theresas und Annalenas Erleichterung ist Saskia in den Brunnerwirt zurückgekehrt. Dort legt sie jedoch ein unmögliches Benehmen an

den Tag. Aber Mutter und Urgroßmutter werben bei Joseph um Verständnis für Saskias Verhalten. Doch der hat irgendwann genug von den Launen seiner Enkelin. Hubert gerät immer mehr unter Druck. An allen Ecken verlangen die Lansinger seinen Einsatz als Bürgermeister. Auch in der Brauerei geht es drunter und drüber. Er schafft es kaum, seine Termine einzuhalten. Doch Franz' gut gemeinten Rat, sich aus der Politik zurückzuziehen, weist Hubert weit von sich. Nach Rominas Auszug bei den Ertls versucht Anderl, sich über seine Gefühle klar zu werden. Deswegen verabredet er sich mit Renée zum Essen. Doch dann wird Anderl die Entscheidung abgenommen.

Folge 106: Dunkle Wolken

Nach ihrem Zusammenbruch geht es Saskia wieder besser. Sie entschuldigt sich bei ihrer ganzen Familie für ihr Verhalten – außer bei ihrer Mutter. Annalena registriert erleichtert die Veränderung bei ihrer Tochter und wagt noch

einmal einen Vorstoß zu einer Aussprache. Hubert ist völlig erschöpft von seiner Doppelbelastung als Vertriebsleiter und Bürgermeister. Maria will ihm deshalb noch mehr unter die Arme greifen und übernimmt als »First Lady von Lansing« einen Teil seiner Aufgaben. Allerdings ist auch sie bald völlig im Stress. Rominas Schwindel ist aufgeflogen, und Anderl stellt sie deswegen zur Rede. Endlich glaubt ihm auch Renée, dass er und Romina kein Paar mehr sind. Anderl will seiner Kollegin die geplatzte Verabredung jedoch nicht so einfach vergeben. Unterdessen entschließt sich Romina, Lansing zu verlassen.

Folge 107: Donnergrollen

Nach Saskias harten Worten ist Annalena völlig durch den Wind. Egal, was sie versucht, ihre Tochter lässt sie nicht an sich heran und macht ihr unmissverständlich klar, dass keine Aussicht auf Versöhnung besteht. Verzweifelt wendet

sich Annalena an Mike. Von Marias Enthusiasmus mitgerissen, glaubt Hubert, doch noch alles unter einen Hut zu bekommen. Mit ihrer Hilfe will er sowohl als Vertriebsleiter als auch als Bürgermeister einen guten Job machen. Allerdings stößt das Ehepaar bald an seine Grenzen. Hubert trifft eine Entscheidung. Nach Rominas plötzlicher Abreise sprechen Anderl und Renée sich aus. Schließlich hat Anderl noch eine Überraschung für seine Kollegin.

Folge 108: Blitzeinschlag

Mike ist nach Annalenas Besuch nachdenklich geworden. Er will sich auf keinen Fall zwischen Mutter und Tochter drängen. Während jedoch

das Verhältnis von Saskia zu Annalena nach wie vor äußerst angespannt ist, sucht sie die Nähe zu ihrem Vater. Ihr idyllisches Zusammensein wird allerdings jäh unterbrochen. Unterdessen hat Hubert sich entschlossen, Schattenhofer wieder das Amt des Bürgermeisters zu überlassen. Doch ganz so einfach wollen er und Maria es Schattenhofer nicht machen. Sie knüpfen an Huberts Rücktritt eine Bedingung, die den »Gschäftlmacher« ins Straucheln bringt. Rosi sehnt sich nach mehr Zweisamkeit mit Joseph. Sie möchte öfter ohne Störungen der restlichen Familienmitglieder mit ihm zusammen sein. Das frisch verliebte Paar denkt tatsächlich an Auszug.

Die Geschichten aus Lansing

Folge 109: Sturmböen

Mike hat seiner Frau die Wahrheit über Saskia gesagt, und wie erwartet ist Trixi tief getroffen. Sie wirft Mike aus der Wohnung. Ihre ehemals beste Freundin Annalena überschüttet Trixi mit Vorwürfen. Rosi erlebt auch eine böse Überraschung, denn eine Anwaltskanzlei hat tatsächlich die Adresse ihres Ehemanns Johann Lobmeyer ausfindig gemacht. Im Laufe der Zeit hatte die Kirchleitnerin einfach vergessen, den Scheidungsantrag

zu stornieren. Sie hofft, damit keine schlafenden Hunde geweckt zu haben. Doch so leicht wird Rosi ihre Vergangenheit nicht los. Im Hause Brunner versucht Ludwig vergeblich in Ruhe auf seine Abiprüfung zu lernen. Einzig Caro fiebert mit ihrem Freund mit und drückt ihm die Daumen.

Folge 110: Dauerregen

Mike versucht vergeblich, sich mit Trixi auszusprechen. Doch sie will nicht mit ihrem Mann reden. Anderl spricht seinem Freund Mut zu. Er ist sich sicher, dass sich alles wieder einrenken wird. Trixi ist jedoch nicht so einfach bereit, Mike zu verzeihen. – Rosi ist geschockt, weil Lobmeyer seinen Besuch in Lansing angekündigt hat. Franz ist sich sicher, dass es Rosis Noch-Ehemann nur auf das Geld der Kirchleitners abgesehen hat. Denn Lobmeyer hat die Familie schon einmal betrogen. – Schattenhofer soll sich nicht nur finanziell, sondern auch aktiv um die sozialen Belange seiner Gemeinde kümmern. Als der Bürgermeister deswegen Pfarrer Neuner anstichelt,

entbrennt zwischen den beiden der schönste Wettstreit. Schließlich ist jeder der Beste, wenn es um die Belange seiner Schäfchen geht!

Folge 111: Trennungsschmerzen

Nach Trixis Auszug ist Mike am Boden zerstört. Weder Anderls aufmunternde Worte noch Burgls Tröstungsversuche können ihn aufheitern. Er ist sich sicher, dass seine Frau ihm nicht verzeihen kann. In seinem Schmerz findet Mike schließlich eine Schuldige für sein Dilemma. Über den Kirchleitners schwebt Lobmeyers angekündigter Besuch wie ein Damoklesschwert. Bei einer Scheidung müsste Rosi einen Teil ihres hart erarbeiteten Vermögens opfern. Doch Joseph hat einen Einfall, der Rosi aus der Misere helfen könnte. Schattenhofer und Neuner müssen einsehen, dass für die Finanzierung der Sozialstation nicht ausreichend Mittel zur Verfügung stehen. Ihre Gelder verplanen sie daher gleich für andere, »wichtigere« Projekte.

Das gute »Kirchleitner-Bier«

Das gute bayerische Kirchleitner-Bier ist nicht nur ein Volksgetränk, sondern gehört zweifellos auch zu den Lansinger Grundnahrungsmitteln. Denn Bier und Bayern, das ist eine ganz besondere Beziehung. Bier erfüllt viele Aufgaben und ist mehr als nur ein Durstlöscher: In Bayern ist Bier Kulturgut und Nationalgetränk. Und zur Bierkultur gehört das Wirtshaus dazu. Stets serviert man zum Bier eine traditionelle bayerische Brotzeit. So schmeckt's am besten.

So ist ein gutes Kirchleitner-Bier, gebraut nach dem bayerischen Reinheitsgebot von 1516, sicher auch eine der wohlschmeckendsten Arten, die Gesundheit zu bewahren und zugleich den Stress des Alltags abzubauen. Die Brauerei wurde von den Vorfahren der Kirchleitners im Jahre 1883 gegründet und kann heute auf die Tradition seiner Bierspezialitäten blicken. Die Brauerei wurde im Laufe der Jahre zwar immer

wieder modernisiert, aber die Verantwortlichen im Hause Kirchleitner setzen im Grunde auf althergebrachte Methoden.

Vom Büro aus hat man einen guten Blick in die Kirchleitnerische Sudhalle. Gibt es mal logistische Probleme, hat der lang gediente Mitarbeiter Stadler alles im Griff.

Das gute »Kirchleitner-Bier«

Vertriebsleiter Hubert Kirchleitner mit seiner Frau Maria Kirchleitner.

Heute ist das Weißbier, häufig auch Weizenbier genannt, die am stärksten gefragte bayerische Biersorte. Beim Brunnerwirt wird das Kirchleitner-Weißbier auf keinen Fall mit einer Scheibe Zitrone serviert. Denn die Brunnerwirtin weiß: Der Zitronengeschmack stört den Biergeschmack und die in der Zitronenschale enthaltenen Öle zerstören zudem den schönen Schaum.

Radler

Im Sommer gibt's beim Brunnerwirt natürlich die »Radlerhalbe« oder »Radlermaß«. Halb Zitronenlimonade, halb Kirchleitner-Hell zischt es bei den Gästen die Kehle hinunter. Erfunden wurde die Radler von dem Wirt Franz Xaver Kugler, dem einst das Bier ausging, als über Tausend Ausflugsradler aus München seine »Kugler-Alm« gestürmt haben sollen. Diesem »Riesendurscht« hielten seine Biervorräte nicht stand, und so mischte der schlaue Wirt, das zur Neige gehende Bier zur Hälfte mit Zitronenlimonade. Diese Mischung fand so großen Anklang, dass es später Radler genannt wurde.

Russn

Beliebt ist bei den Brunnerwirtgästen auch der süffige »Russ«, halb Zitronenlimonade, halb kühles Kirchleitner-Weißbier. Entstanden ist der Begriff des »Russn« in den ersten Inflationsjahren der Republik von 1918, als Weißbier mit Zitro-

Das Büro der Brauerei. Von hier aus hat man auch einen guten Blick in die Sudhalle.

Am besten schmeckt Franz Kirchleitner, Lorenz Schattenhofer und Pfarrer Neuner das Kirchleitner-Bier natürlich in einer geselligen Runde.

nenlimonade gemischt und gern von russischen Arbeitern und Landarbeitern getrunken wurde. Eine andere Erklärung für die Entstehung des Begriffs lautet, dass im Münchner Mathäser-Keller, wo sich kommunistische Anhänger einer Räterepublik trafen, Weißbier mit Zitronenlimonade gemischt und ausgeschenkt worden sein soll.

Kirchleitner-Madl – Bier light
Wie alles, was frisch, kalorienarm und bekömmlich ist, liegt »light« auch beim Bier voll im Trend, das wissen auch der Vertriebsleiter Hubert Kirchleitner und sein Werbemädl Caro. Die Geschmäcker sind verschieden, und ein neues Produkt sorgt für frischen Wind in der Kirchleitner-Brauerei.

»Bier und Frucht« – so könnte der Slogan für Kirchleitner-Madl sein. Eine Fusion aus 75 % frischem Kirchleitner-Bier und 25 % Pflaume mit milder Orange. Diese ausgewogene Kombination aus herbem Bier und spritzigen Früchten verleiht dem Kichleitner-Madl seinen einzigartigen, unverkennbaren Flavour und macht es zum Getränk Nr. 1 bei jungen Leuten, die heiße Partynächte erleben wollen.

Die bayerischen Brauer stellen an ihr Brauwasser, das sie aus Tiefbrunnen beziehen, in der Regel höhere Anforderungen als an Trinkwasser.

Das Bier spielt in Lansing eine große Rolle. Kirchleitner-Bier muss es sein, darauf legen die Lansinger großen Wert.

Das gute »Kirchleitner-Bier«

Caro Ertl wirbt für das Bier ihres Arbeitgebers.

Tief aus dem Lansinger Boden kommt das quellfrische Wasser für das Kirchleitner-Bier.

Biergarten – Kleinod bayerischer Bierkultur
Die Entstehung eines weiteren bayerischen Kulturguts ist untrennbar mit dem Bier verbunden: der bayerische Biergarten. Die Biergärten entstanden in einer Zeit, als es noch keine Kühlanlagen gab und im Winter geschlagenes Eis zur Kühlung verwendet wurde. Denn um zu verhindern, dass sich das Erdreich über den Bierkellern in der Sommerhitze erwärmte und das mühevoll in die Keller geschaffte Eis zu rasch schmolz, pflanzte man großblättrige Bäume, bevorzugt Linden oder Kastanien. Und so entstanden, oft in Ortsrandlage, schöne Biergärten, die sich als sonntägliches Ausflugsziel großer Beliebtheit erfreuten, wie in Lansing. Zumal es dort auch im Hochsommer frisches, kühles Bier gab. Der Biergarten, bis heute Symbol bayerischer Bierkultur, war geboren. Der gemütliche Lansinger Biergarten wird von der Wirtsfamilie Brunner betrieben.

> Die Gleichheit vor dem Nationalgetränk mildert den Druck der sozialen Gegensätze.
> (Paul von Heyse)

Der Lansinger Biergarten.

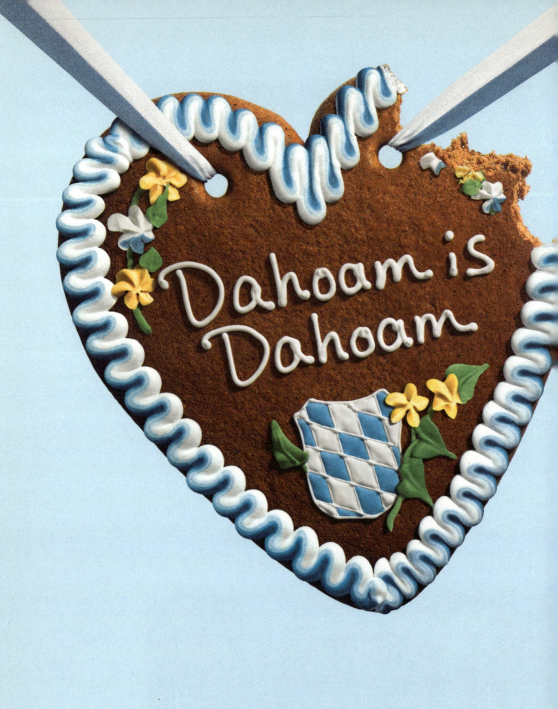

Die Macher von Lansing

Die Redaktion

Bettina Reitz leitet beim Bayerischen Fernsehen den Programmbereich Spiel-Film-Serie. Zusammen mit Caren Toennissen, der verantwortlichen Redaktionsleitung, legte sie von Seiten des Bayerischen Rundfunks den inhaltlichen Grundstein für die Lansinger Geschichten.

Daniela Boehm ist als Redakteurin vor Ort mit einem Büro am Lansinger Set vertreten. Zu den Aufgaben der Redaktion gehört es, die Produktion inhaltlich zu betreuen – von der ersten Idee über die Drehbuchentwicklung bis hin zur Bildabnahme. Die Redaktion ist für die Inhalte der Produktion verantwortlich, am eigentlichen Produktionsprozess jedoch nicht beteiligt. Dieser wird vom Produktionsleiter, Aufnahmeleiter und dem Regisseur durchgeführt.

Auftraggeber der Produktion ist der BR, und so wird alles im ständigen Dialog mit den Redakteuren des BR erarbeitet. Die Redaktion setzt sich kritisch mit den geplanten Geschichten auseinander und prüft deren Inhalte nach dramaturgischen Gesichtspunkten. Auch Senderkonformität und Zuschauervorlieben gilt es hierbei zu beachten.

Bettina Reitz

Caren Toennissen

Daniela Boehm

Der ausführende Produzent

Markus Schmidt-Märkl hat das Fernsehgeschäft von Grund auf gelernt. Während seines Studiums der Theaterwissenschaft, Zeitungswissenschaft und Psychologie absolvierte er eine Ausbildung in Kameraführung und Schnitttechnik. Mitte der Achtzigerjahre arbeitete er für das Bayerische Fernsehen als Kameramann. Als freier Regisseur machte er sich bei den Produktionen »Verliebt in Berlin«, »St. Angela«, »Marienhof«, »Sturm der Liebe« und »Verbotene Liebe« einen Namen. Daneben konzipierte er die Erfolgssendung »Vorsicht Kamera« für SAT 1 mit.

Markus Schmidt-Märkl ist einer der erfahrendsten Daily-Regisseure in Deutschland. Als Geschäftsführer der Produktionsfirma Polyscreen fungiert er bei »Dahoam is Dahoam« als ausführender Produzent.

Markus Schmidt-Märkl findet es richtig gut, dass sich das Bayerische Fernsehen zur Realisierung dieser Serie entschlossen hat. Sie passt ins Programm und die Zuschauer mögen sie. Erst vor Kurzem waren Kollegen von einem anderen Sender zu Besuch am Lansing-Set. Als sie sahen, was dort aufgebaut wurde und wie erfolgreich die Serie läuft, seufzte ein Redakteur: »Schade, dass wir das nicht haben ...«

Als zu Beginn der Dreharbeiten die ersten Lansing-Bilder vorgeführt wurden, waren alle gleich begeistert von dem, was sie da machten. Das Team, das »Dahoam is Dahoam« produziert, kommt zur Hälfte vom BR und zur anderen Hälfte von der Polyscreen bzw. Constantin. Vor Arbeitsbeginn meinten einige noch, das würde so nie funktionieren. Doch die Kritiker sind eines Besseren belehrt worden. Denn heute kann man mit Fug und Recht behaupten, dass wirklich ein Team entstanden ist. Alle Abteilungen der Produktion sind mit Herzblut dabei und arbeiten Hand in Hand. Anders ginge es auf Dauer auch gar nicht, meint Markus Schmidt-Märkl. Es ist gelungen, die Schauspieler zu einem Ensemble zu schmieden!

Schmidt-Märkl ist froh, dass alle Schauspieler so volksnah und keineswegs abgehoben sind. Dadurch sind sie in gewisser Weise zu modernen »Volksschauspielern« geworden. Denn die Lansinger Figuren sind schließlich keine reinen Kunstfiguren. Jede von ihnen könnte es in der Realität so oder so ähnlich geben. Die Schauspieler spielen Geschichten aus dem Volk für das Volk.

Für den Produzenten Markus Schmidt-Märkl ist die Arbeit jeden Tag eine neue Herausforderung. Immer gilt es, etwas Neues zu kreieren und zusammen mit dem Team zu entscheiden, wie es weitergeht mit den Geschichten der Lansinger.

Unter dem Motto »Dahoam is Dahoam unterwegs« war das Lansinger Ensemble mit den Autoren bereits zweimal auf Tour und hat Zuschauer besucht. Diese Veranstaltungen fanden an verschiedensten Orten in Bayern, meist in

Die Macher von Lansing

> »Ich wünsche mir für die Zukunft, dass den Zuschauern die Serie gefällt und dass wir mit den Geschichten aus Lansing immer den richtigen Nerv treffen. Denn wir machen die Serie ja für unser Publikum, dem soll sie schließlich gefallen. Und so schwebt der Geist von Lansing jeden Tag über uns«, sagt Schmidt-Märkl.

Der ausführende Produzent Markus Schmidt-Märkl.

Gasthäusern, statt. Die Idee hinter dieser »Dahoam Tour«: So hat das Team die Möglichkeit zu prüfen, ob man mit den Geschichten aus Lansing richtig liegt.

»Wir freuen uns natürlich, wenn die Menschen mit neuen Ideen kommen«, sagt Schmidt-Märkl. »Oft ist es jedoch so, dass dies oder jenes, das an uns herangetragen wird, schon umgesetzt wurde, denn der Zuschauer ist ja auf dem Stand der Geschichten, die er gerade sieht. Wir sind mit der Stoffentwicklung knapp drei Monate voraus. Aber für uns ist es die Chance, zu erfahren, ob wir das Richtige gemacht haben. Und oft sind auch wertvolle Inspirationen darunter, die uns die Zuschauer vermitteln! So sind wir ganz dicht am Zuschauer dran und bekommen ein Gefühl für das, was er sehen möchte.«

Das Drehbuch

Die einzelnen Geschichten aus Lansing sollen einfache und ehrliche Botschaften transportieren. Voraussetzung für Ehrlichkeit ist die Liebe des Autors zu den Menschen. Ein Autor muss viel vom Leben wissen und das Publikum lieben.

Anfangs wurde mit einem Team von Chefautoren gearbeitet, aber dann wurde die Drehbuchentwicklung so geändert, dass es jetzt nur noch einen verantwortlichen Chefautor unter den Autoren gibt. Das ist Tobias Siebert, ein gebürtiger Bayer, der fast von Beginn an dabei ist. »Vom erzählerischen Ansatz her haben wir von Anfang an versucht, nicht auf Vorbilder zurückzugreifen, sondern uns einfach in der Realität des Lebens umgesehen. Unser Ausgangsthema war Bayern heute: Was ist ein Dorf heute? Wer wohnt da? Wie redet man da? Was sind die Hoffnungen, Träume, Ängste der Menschen auf dem Dorf?«, erzählt Tobias Siebert.

Das Ziel ist gute Unterhaltung. Es werden Alltagsprobleme von Menschen aufgegriffen und auf humorvolle Art und Weise betrachtet. An der ein oder anderen Stelle sollen die Geschichten der Familien Brunner und Kirchleitner auch zum Nachdenken anregen. Es wird aus den Figuren, aus den Charakteren heraus erzählt, und das geht nur, wenn man die Figuren auch ernst nimmt. Mit »Dahoam is Dahoam« ist eine neue Form bayerischen Erzählens im Fernsehen entstanden. Während bei einem Kinofilm alle Beteiligten immer große Kunst machen möchten, haftet der Daily oder Serie im Allgemeinen das Klischee einer oberflächlichen Industrieproduktion an. Doch am Lansing-Set arbeitet das ganze Team tatsächlich wie bei einem großen Kinofilm. Tobias Sieberts Devise lautet: Wir wollen »a gscheide Serie« machen! Das erwarten die Zuschauer von uns.

Bis ein Drehbuch komplett fertig ist, durchläuft es mehrere Stadien. Ausgehend vom Serienkonzept werden einzelne Profile erstellt und die groben Zukunftspläne der Lansinger Geschichten geschmiedet. Daraus entsteht ein Vier-Wochen-Plan, in dem festgelegt ist, welche Geschichten wo und wann und mit wem erzählt werden. Pro Folge werden drei Geschichten (sogenannte Stränge) erzählt. Mit diesen beschäftigt sich dann das »Plotterteam« unter der Leitung von Veronika Müller, das sogenannte Synopsen erstellt. Diese Ideen werden vom »Outliner« anschließend in einzelne Bilder ausformuliert. Die Outline enthält den korrekten inhaltlichen Aufbau einer Szene. Diese Vorlage wird noch zweimal überarbeitet, erst dann machen sich die Dialogautoren unter der Leitung von Tobias Siebert ans Werk.

Die Dialogautoren bekommen die Outline, als vorgegebene Grundhandlung der Geschichten und schreiben für je eine Folge die Dialoge für die Schauspieler. Jede Woche spitzen fünf Autoren die Bleistifte und geben ihr Bestes. Hier kommen dann vor allem humorige Aspekte in die Endfassung. Die Autoren müssen hierbei die Sprache der Figuren umsetzen können. Danach wird das Drehbuch noch von drei wechselnden

Editoren unter der Leitung von Michael Seyfried bearbeitet, denn die Anschlüsse von Szene zu Szene müssen sinnvoll mit der Handlung einhergehen.

Erst dann ist ein Drehbuch soweit, um auf den Tisch der Regiebesprechung zu kommen. Während des ganzen Entstehungsprozesses wird natürlich viel diskutiert. Von der ersten Entwicklungsstufe eines Drehbuches bis zum fertigen Drehbuch dauert es rund acht Wochen. Bis ein Drehbuch filmisch umgesetzt ist, gehen noch einmal sechs Wochen ins Land. Von der Grundidee bis zum fertigen »Produkt« dauert es also etwa 14 Wochen, bis eine Folge fertig zur Abnahme für das Bayerische Fernsehen ist.

»Wir machen auf jeder Drehbuchebene fünf Folgen pro Woche fertig«, erklärt Tobias Siebert. Es ist insgesamt ein arbeitsteiliger Prozess, der im Laufe der Zeit natürlich kontinuierlich verbessert und optimiert worden ist. Es macht Tobias Siebert auch nach so relativ langer Zeit immer noch Spaß, sich diesem Anspruch zu stellen. Denn es ist eine große Herausforderung, die insgesamt 33 Autoren so zusammenzuhalten, dass gute Geschichten dabei entstehen. »Das Schöne und eigentlich Einzigartige an der Arbeit für Lansing ist, dass man so viel Raum hat zum Erzählen. Das ist ein Traum für einen Autor«, schwärmt Siebert.

Sind neue Schauspieler für eine Folge notwendig, werden je nach Größe der Rolle die Darsteller anhand von Demobändern ausgewählt oder ein Casting veranstaltet. Probeszenen sollen dabei mehrere Darstellerfacetten des Schauspielers liefern.

Chefautor Tobias Siebert

Auch ein Nicht-Bayer muss die Drehbücher gut lesen können, daher sind die Texte in einer Mischung aus Hochdeutsch und Bayerisch geschrieben. Die Schauspieler sind, was die Aussprache betrifft, natürlich das letzte Korrektiv. Die Autoren schreiben so, dass der Duktus schon bayerisch ist. Für Chefautor Tobias Siebert sind es die schönsten Momente bei seiner Arbeit, wenn er merkt, dass die Geschichten, die er »angezettelt« hat, aufgehen.

Chefautor Siebert ist verantwortlich für den gesamten Ablauf der Drehbucherstellung, und jeden Donnerstag sitzt er sogar in der Bildabnahme. Ein normaler Arbeitstag ist selten vor 21 Uhr zu Ende. Seit 1984 ist er mit Leib und Seele Drehbuchautor und versteht sein Geschäft, die Zuschauer mit guten Geschichten aus Bayern zu unterhalten. So war er auch als Autor an mehreren Ausgaben des beliebten Komödienstadls beteiligt. Der 1963 geborene Wolfratshauser und jetzige Münchner beschreibt sich selbst gerne als Komödienautor. Produktionen und auch einige Serienfolgen wie »Liebe ohne Fahrschein«, »München ruft«, »Der Bulle von Tölz«, »Zwei am großen See« stammen aus seiner Feder. Insgesamt hat er als Autor bereits 16 »Neunzigminüter« geschrieben.

Die Kreativität, die Tobias Siebert einbringen muss, erstreckt sich auf den ganzen Entwicklungsprozess. Bei ihm laufen alle Dinge zusammen, die die Geschichten betreffen. Änderungen im vorgesehen Ablauf müssen immer mit anderen Abteilungen sofort abgestimmt und erledigt werden. Manchmal ist er auch am Set selbst zu finden, wo er bei der Betrachtung des Ablaufes immer noch etwas dazulernt und so Verbesserungen realisieren kann.

Und natürlich ist die Redaktion des Auftraggebers BR in jedes Entwicklungsstadium der Drehbücher mit eingebunden. Die Produktion einer nahezu täglichen Serie ist eine enorme organisatorische und logistische Herausforderung. Daniela Boehm hat als verantwortliche Redakteurin die verschiedenen Prozesse bis zur ersten Drehbuchfassung begleitet, redaktionell abgestimmt und achtet auch darauf, dass es keine Anschlussfehler gibt. Die Geschichten dürfen sich nicht wiederholen und müssen stimmig sein. Wöchentlich stattfindende Telefonkonferenzen mit den führenden Leuten vom Bayerischen Fernsehen, der Polyscreen und der Constantin gewährleisten schon auf oberster Ebene beste Kommunikation und dokumentieren damit eine sehr gute Zusammenarbeit zwischen dem Bayerischen Fernsehen als Auftraggeber und der ausführenden Produktionsfirma.

Der Aufwand an Technik ist enorm.

Der Titelsong

Zunächst erhielten sechs Komponistenteams den Auftrag, einen Titelsong für die Serie zu komponieren. Aus dieser Auswahl gefiel den Machern der Titel von Max Krückl, Andreas Bärtels und Joachim Radloff am besten. Dann wurde überlegt, wer den Titel singen könnte und ob es jemanden gab, der mit der Serie in Verbindung stand. Die Idee des Produzenten Schmidt-Märkl, es mit Harry Blank zu probieren, war ein Volltreffer. Das aufgenommene Probeband überzeugte die Verantwortlichen, und eine bessere Verbindung zur Serie gab es gar nicht: Jetzt sang sogar ein Schauspieler der Serie – in diesem Fall Harry Blank – das Titellied »Dahoam is Dahoam«.

»Dahoam is Dahoam«
Da komm i her
Da will i wieder hin
»Dahoam is Dahoam«
Dort wo ich jeden auf der Straßn kenn
da kannst an jeden Menschen fragn
er wird di oschaun und dir sagn
»Dahoam is Dahoam«

Wo i frischgemahte Wiesen riach
wo die Schwalben hoch zum Himmel fliagt
da konn i sagn: »Dahoam is Dahoam«
wo i ganz weit offne Türen find
und vergess, warum i gangen bin
des is hoit so
»Dahoam is Dahoam«
es gibt nix auf der Welt
was mi tiefer berührt

»Dahoam is Dahoam« ...

Wo i Demut tief im Herzen hab
und die Sonn seh an'nem Regentag
einfach Mensch sei ko
»Dahoam is Dahoam«
Is man jung, da will man fort von hier
doch des hob i ois schon hinter mir
i geh nie mehr fort
»Dahoam is Dahoam«
nie mehr fort von den Seen
von den Feldern und Höhn

»Dahoam is Dahoam« ...

M.: Krückl/Bärtels/Radloff; T.: Krückl/Bärtels;
V.: Music4Movies-Musikverlag/Constantin Music Verlag GmbH

Die Dreharbeit

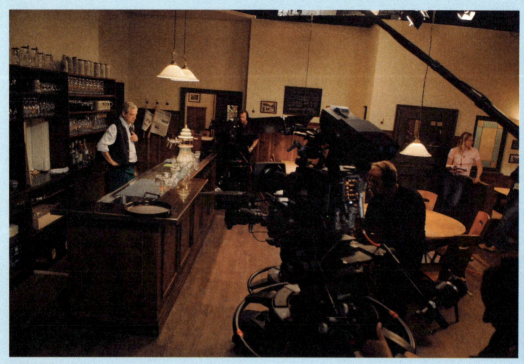

Dreharbeiten im Brunnerwirt

Das insgesamt 150-köpfige Team produziert pro Woche fünf Sendefolgen mit jeweils 28 Minuten Länge. Dabei sind gleichzeitig mehrere Regisseure am Werk. Geprobt und gefilmt wird von Montag bis Freitag, manchmal auch samstags.

Wer als Außenstehender nach dem Ablauf von Dreharbeiten fragt, erhält meist Antworten, die nur sehr wenig mit seinen Vorstellungen gemein haben. Für viele Schauspieler ist es ein knallharter Arbeitstag, bei dem Phasen der Anspannung und Entspannung, gelöster Spaß und hohe Konzentration endlos aufeinanderfolgen. Es ist ein ständiger Kampf zwischen Wollen und Müssen, Vision und Realität, Ehrgeiz und Müdigkeit. Dazu gehört eine möglichst gleichbleibende gute Laune und manchmal eine Geduld aller Beteiligten, die nicht von dieser Welt ist.

Wer allerdings glaubt, es herrsche ekstatisches Durcheinander, hysterische Aufregung und erschreckende Desorganisation, der irrt gewaltig. Die Dreharbeiten am Lansing-Set sind für die Verantwortlichen Schwerstarbeit. Dazu braucht es einen klaren Kopf, ein gewisses Maß an Pedanterie, genaue Berechnungen und in fast jeder Hinsicht haltbare Kalkulationen.

Die Schauspieler sind meist zu Scherzen aufgelegt, und es herrscht eine ausgesprochen gute und gelassene Stimmung am Set. Doch auf das Kommando des Set-Aufnahmeleiters »Achtung, wir drehen« steigt die Konzentration sprunghaft. Jeder ist an seinem vorgesehenen Platz. Plötzlich tritt Stille ein, sodass man die sprichwörtliche Stecknadel fallen hören könnte. Es folgt ein »und Bitte« des Regisseurs und die Szene beginnt.

Alle Szenen, die im Innenbereich eines Gebäudes spielen, werden in den drei Studiohallen, die auf dem Gelände in Lansing stehen, ge-

Die Macher von Lansing

In den Studios, hinter und neben den Kulissen ist es aufgeräumt. Es liegen zwar hier und dort Kabel herum, aber immer gut sortiert. Und genau so arbeitet auch die technische Mannschaft: diszipliniert und mit der großen Professionalität, die ein BR-Studiobetrieb erfordert.

dreht. Ausnahmen machen hier nur die Werkstatt von Mike Preissinger und die Wohnung von Dr. Sebastian Wildner, die sich tatsächlich im Gebäude oberhalb der Apotheke befindet. Auch der Gemeindesaal und das Büro von Pfarrer Neuner sind im Original in Gebäuden untergebracht.

Die Dreharbeiten haben einen Vorlauf zum tatsächlichen Sendetermin von etwa zehn Wochen. Weihnachten wird im Oktober und Ostern zum Jahreswechsel gedreht. So stand Anfang April die Sommersonnenwende auf dem Lansinger Drehplan. Außendrehtermine haben immer ein besonderes Überraschungspotenzial für die Macher. So kam es, dass die Sonnwendfeier bei Temperaturen um den Gefrierpunkt in dünnen Sommerkleidern gespielt werden musste. Es war richtig kalt und alle froren. Denn leider sorgte auch das Sonnwendfeuer am Set nicht lange für die nötige Wärme, da es nur brannte, wenn die Kameras liefen. Kaum war eine Szene im Kasten – also gestorben, filmisch ausgedrückt –, taten die Gasflämmchen es ihr nach. Kommando Feuer aus! Das Feuer wurde nämlich über eine Gasflamme erzeugt.

Dabei hatten es die Männer in diesen Szenen noch vergleichsweise kuschelig, denn unter den Feuerwehruniformen konnten sie, unbemerkt vom Zuschauer, warme Sachen tragen. Die weib-

Die Klappe fällt, jetzt geht's los.

Großes Aufgebot bei den Dreharbeiten. Auftritt der Goaßlschnalzer vor dem Biergarten in Lansing bei der Geburtstagsfeier des Brunnerwirts.

Drehpause, auch das muss mal sein!

lichen Schauspieler jedoch, die Sommerkleidchen mit tiefem Dekolleté und Schuhe mit hohen Absätzen trugen, die dann auch noch im Matsch stecken blieben, mussten an diesem Tag leiden. Um der erbarmungslosen Kälte zu trotzen, wurden die Darsteller bei diesem Drehtermin, der bis weit nach Mitternacht andauerte, immer wieder in warme Daunenjacken gepackt.

Regen macht, solange er nicht zu heftig ist, beim Drehen in der Regel keine Probleme, da er später optisch nicht wahrnehmbar ist. Doch nachts kann man nicht im Regen drehen, weil die Regentropfen durch das Scheinwerferlicht sichtbar werden würden. Dann müssen halt manchmal auch Kompromisse eingegangen werden, damit nicht der gesamte Ablauf der Dreharbeiten behindert oder gar blockiert wird. Wenn eine Szene wetterbedingt zum Beispiel unmöglich wird, nimmt der Aufnahmeleiter schon mal Kontakt mit dem Chefautor auf, ob ein Dialog oder eine Szene umgeschrieben und somit der vorgegebene Zeitplan eingehalten werden kann.

AAD ist die produktionsinterne Abkürzung für »Außen-Außendreh«. Dabei handelt es sich um Dreharbeiten, die nicht in Lansing selbst stattfinden, sondern irgendwo außerhalb des Ortes. Solche Drehs, die auch weit weg von Lansing liegen können, werden immer wieder gemacht.

So ging es im Sommer 2008 nach Waging, um Rosi und Joseph heiraten zu lassen oder im Herbst auf den Osterfelderkopf, um eine Szene zu drehen. Die erste Einstellung wurde gleich bei der rund zehnminütigen Auffahrt in der Gondel abgedreht. Hier musste nicht nur das Wetter, sondern auch die Technik mitspielen. Davon abgesehen, dass sämtliches Material mit nach oben geschafft werden musste, war der Auf- und Umbau für den Dreh auf dem Berg sehr aufwändig. »Die Umbauzeiten und das Instandsetzen der Technik dauert dort oben fast so lange wie der Dreh selbst«, erzählt der junge Set-Aufnahmeleiter Georg Rettenbeck. 25 Personen waren notwendig, um auf über 2000 Metern Höhe alles wie vorgesehen in den »Kasten« zu bringen.

Die Produktionsleitung

Der Produktionsleitung obliegen die Koordination und die Lenkung aller organisatorischen und finanziellen Details. Steffen Malzacher ist seit 30 Jahren in der Branche und hat die hierfür notwendige Kompetenz und Erfahrung, sowohl künstlerischen wie auch kaufmännischen Belangen gerecht zu werden. Er ist nicht nur für die Verträge mit den Schauspielern, sondern auch für das tägliche Catering zuständig. Denn rund 150 Leute haben Hunger, und da muss die tägliche Küchenverpflegung schon stimmen, meint Malzacher.

Bereits im Vorfeld ist der Produktionsleiter am Werke. Anhand des kreativen Materials, der Drehbücher oder Outlines, muss er die Kosten kalkulieren und das Budget zusammen mit seinen BR-Kollegen Roland Weese und Claudia Günther überwachen. Er ist verantwortlich für das gesamte Drehteam. Auch er stand in Lansing schon vor der Kamera. Als Hausarzt brachte er schnelle Hilfe für die alte Brunnerwirtin.

Regisseur Klaus Petsch gibt vor dem Dreh letzte Anweisungen.

Die Regie

Die einzelnen Folgen werden blöckeweise gedreht. Ein Regisseur macht immer einen Block, und ein Block besteht aus fünf Folgen. Zunächst erfolgt der Außendreh, dann kommt der Studiodreh. Es sind stets vier Regisseure gleichzeitig im Einsatz: zwei, die jeweils im Studio oder außen drehen, einer, der beim Schnitt des in der vorangegangenen Woche produzierten Materials sitzt, und einer, der seinen nächsten Dreh vorbereitet. Die Regie vor Ort unterliegt zwar auch zeitlichen Zwängen, entscheidet aber letztendlich erst dort, ob etwas gekürzt wird oder nicht, denn in der Regel gibt es A-Szenen und B-Szenen.

Gerald Grabowski ist einer von zwölf Regisseuren, die in Lansing für »Dahoam is Dahoam« tätig sind. Der gebürtige Münchner liebt es, diese wunderbaren Familiengeschichten aus Lansing zu inszenieren. Sein persönlicher Hintergrund hilft ihm sehr bei der Umsetzung dieser Geschichten, denn er wuchs mit mehreren Geschwistern auf und kennt daher all die »Freuden und Leiden« und »Höhen und Tiefen«, die in Familien vorkommen können. Grabowski ist Absolvent der Hochschule für Fernsehen und Film und seit 1985 als freier Regisseur und Autor tätig. Die Liste seiner Projekte ist lang. Er ist ein vielseitiger Profi seines Fachs, der nicht nur »Dahoam is Dahoam« inszeniert, sondern schon bei namhaften Produktionen wie »Marienhof« und »Gute Zeiten, schlechte Zeiten« und auch mehreren Spielfilmen Regie führte. Er arbeitete für Sendungen mit Hape Kerkeling, für die »Ver-

Die Macher von Lansing

Das sehen die Schauspieler, wenn sie gerade ihre Szene spielen. In der Mitte der Regisseur Klaus Petsch und im Hintergrund seine Crew.

steckte Kamera« und für die den BR-Zuschauern sicherlich bekannten Serien »Die Wirtshausmusikanten« und »Thalmaiers Reisen«. Trotz des engen Zeitplans fällt sein kollegialer, ja fast freundschaftlicher Umgangston bei der Arbeit mit dem Team auf. Er pflegt einen absolut professionellen Arbeitsstil, und manchmal diskutiert er auch mit den Schauspielern ausgiebig, wie eine Szene zu spielen sei. Doch das letzte Wort am Set hat der Regisseur, und auf ihn hören alle. Gott sei Dank!

Alle Regisseurinnen und Regisseure, die für »Dahoam is Dahoam« arbeiten, Wolfgang Frank, Bernhard Häusle, Siegi Jonas, Carl Lang, Jochen Müller, Micaela Zschieschow, Tanja Roitzheim, Peter Zimmer, Thomas Stammberger, Klaus Petsch und auch Markus Schmidt-Märkl, legen großen Wert auf eine harmonische Zusammenarbeit mit dem Lansinger Ensemble.

Die Aufnahmeleitung

Aufnahmeleiter Christian Wierer rechts und sein Kollege Alex Hausser bei der Planung.

Der erste Aufnahmeleiter Christian Wierer hat bereits bei Produktionen wie »TV total«, »Verbotene Liebe« und vielen anderen Projekten Erfahrungen gesammelt. Die Verantwortlichen holten den Profi für »Dahoam is Dahoam« extra aus Hamburg. Bei Seriendrehs sind die Organisationsabläufe sehr komplex und zeitlich verdichtet, und so bilden Christan Wierer und sein Kollege Alex Hausser zusammen die sprichwörtliche Kommandobrücke der eigentlichen Produktionsplanung. Sie koordinieren und disponieren die Termine der Schauspieler, der Technik, legen Termine fest und erstellen die Drehpläne. Die Aufnahmeleitung ist verantwortlich für den reibungslosen Arbeitsablauf.

Montags findet eine Produktionsbesprechung statt. Dort wird der Drehplan der anstehenden Woche nochmals durchgesprochen und gegebenenfalls geändert.

Die gelegentlichen Terminwünsche einzelner Schauspieler werden so flexibel gehandhabt, dass sie auch für einen anderen Drehtermin frei sein können. So haben die Lansinger Akteure auch Gelegenheit, andere Rollen für das Publikum zu spielen.

In Lansing werden pro Tag knapp 30 Serienminuten produziert. Bei einem Fernsehfilm kommt man im Vergleich dazu auf etwa sieben Minuten und bei einem Kinofilm auf etwa zwei Minuten pro Tag. Dieser Vergleich zeigt, wie konzentriert und professionell gearbeitet werden muss, um das vorgegebene Tagespensum überhaupt schaffen zu können. Dabei steht natürlich immer die von den Zuschauern gewohnte Qualität im Vordergrund.

Bei der Organisation wird Christian Wierer von einem speziellen Computerprogramm, einem sogenannten Dispositionsprogramm, unterstützt. Auf drei Flachbildschirmen hat sein Kollege Alex Hausser stets alle Abläufe und Planungen in der Übersicht vor sich.

An einer Seite des Raumes hängt die ganze Planung nochmals in Papierform. So ist der Stand der Dinge auch für alle anderen Beteiligten einzusehen.

Hier werden die Drehpläne erstellt. Auf diese warten schon viele in der Produktion händeringend. Denn die Arbeitspläne enthalten wichtige Informationen für die anderen Abteilungen: die Requisite möchte wissen, was zu welchem Zeitpunkt beschafft werden muss, die Kostümabteilung, wer was angezogen bekommt; die Maske will wissen, wann die Aufnahmen beginnen und wann sie zu Ende sind; das Catering muss wissen, wann die Mittagspause ist; die Kameraleute brauchen die Info, welche Kameras sie benötigen und ob für die Aufnahmen eine Schiene oder gar ein Kran benötigt wird.

Tommy Schwimmer mit Coach Alexander Pelz bei den Dreharbeiten. Die Maskenbildnerin »verpasst« Florian Brunner mit Pinsel und Farbe noch eine kleine Wunde am Schienbein. So präpariert meistert er die nächste Szene.

Der Schauspielcoach

Der Schauspieler Alexander Pelz wirkt bei »Dahoam is Dahoam« hinter der Kamera als einer von drei Schauspielcoaches mit. Die Hauptarbeit der Inszenierung am Set obliegt dem Regisseur, der Schauspielcoach ist sein »verlängerter Arm«. Dabei ist er allerdings nicht der Verantwortliche für eine Szene, sondern stimmt die Schauspieler auf eine Szene ein. Bestimmte, meist emotionale Szenen spricht und spielt er mit den Schauspielern vor dem Dreh durch und entwickelt sie. Alexander Pelz achtet darauf, dass die spielerischen und emotionalen Anschlüsse von Szene zu Szene stimmen. Anders als beim Theater wird bei Film- und Fernsehproduktionen nicht chronologisch gedreht oder gespielt. Hier gehört es zum Handwerk der Schauspieler, die sich im Produktionsablauf ergebenden Drehsprünge in der Handlungsabfolge so zu spielen, also Stimmungen und Emotionen so in die nächste Szene zu übertragen, dass diese glaubhaft und stimmig wirken.

Oft muss eine Szene gespielt werden, deren vorhergehende handlungsbezogene Szene schon vor Tagen abgedreht wurde oder deren Anschlussszene erst in zwei oder drei Tagen auf dem Drehplan steht. Der Coach hilft den Schauspielern, das enorme Textpensum für verschiedene Bilder oder Szenen und die damit verbundenen Sprünge in verhältnismäßig kurzer Zeit besser zu bewältigen. Er hat eine wichtige Funktion im Ablauf und trägt somit auch zur spielerischen Qualität der Serie insgesamt bei.

Der Ton

Der wohl »einsamste« Arbeitsplatz in Lansing liegt ziemlich am Rande des Geländes. Dort steht unter einer Überdachung ein Tonwagen des BR. In einem kleinen, aber beheizten und mit Technik vollgestopften VW-Bus sitzt Markus König. Auf verschiedenen Monitoren verfolgt der Toningenieur die Aufnahmen am Set und überwacht den Ton, den seine Kollegen im Studio aufnehmen und zu ihm übertragen.

Meist wird im Studio mit den sogenannten »Tonangeln« gearbeitet; mit einer langen Stange, an der ein Mikrofon befestigt ist, wird der Ton »geangelt«. Der Ton nimmt einen entscheidenden Einfluss auf das Endergebnis, denn Ton, Geräusche und Musik gestalten mit und ergänzen, was das Bild erzählt. So geht der Mikrofonmann am Set bei bestimmten Szenen ganz nah mit dem Mikrofon an die Schauspieler heran. Dann hört man sogar die »Bewegung«, wenn ein Akteur den Arm bewegt. Der Ton ist ein wichtiges, unverzichtbares gestalterisches Element in einer solchen Produktion. Markus König ist

Volle Konzentration für Schauspieler und Technik bei den Dreharbeiten.

mit seinen Kollegen über Kopfhörer und mit der Regie über eine Direktleitung ständig in Kontakt. Vom Tonwagen erfolgt sofort eine Meldung ans Set, wenn beispielsweise ein Flugzeug über Lansing unerwünschte Geräusche erzeugt hat. Dann müssen bestimmte Aufnahmen wiederholt oder abgebrochen werden.

Das Licht

Viele Scheinwerfer leuchten eine Szene aus. In den Studios wird ein angenehmes, blendfreies Licht eingerichtet. Unterschiedliche Lichtrichtungen und entsprechende Filter sorgen dafür, dass das Licht wohnlich wirkt und nicht alles überstrahlt. Jeden einzelnen der unzähligen Scheinwerfer haben die Beleuchter, die im Hintergrund an einem großen, fahrbaren Stellpult sitzen, im Griff.

Durch den Einsatz unterschiedlicher Farbtemperaturen (farblicher Ton des Lichts) kann zum Beispiel der Effekt erzeugt werden, als würde durch ein Fenster Tages- oder Sonnenlicht in einen Raum einfallen.

Das Studiolicht macht eine wohnliche Atmosphäre im Herrenzimmer der Kirchleitners.

Die MAZ- und Bildregie

Die Bildmischung findet vor Ort in Lansing statt. Die Bildsignale der einzelnen Studiokameras werden während der Aufnahme zu einer geschnittenen Szene zusammengefügt, sozusagen live geschnitten. Der Bildmischer steht mit den Kameraleuten in Kontakt. Damit die Schauspieler und die Szenerie in allen Kameras möglichst gleich aussehen, werden die Bilder, die die Kameras in die Bildregie liefern, ausgesteuert und aufgezeichnet. Zu einem späteren Zeitpunkt geht es zur Nachbearbeitung. Es erfolgt dann der Feinschnitt und die Tonmischung.

Die Kameras

Um eine Szene richtig gut einzufangen, werden in den Lansinger Innensets meistens drei Kameras eingesetzt.

Bei den Dreharbeiten zur 1. Folge: Mit einer Hebebühne dreht ein Kameramann die Szenen von oben, neben dem Maibaum von Lansing.

Der Fotograf am Set

Überall, wo schöne Motive zu finden sind, findet sich auch der Fotograf Marco Orlando. Von Dienstag bis Freitag hat er seine schalldichte

Marco Orlando, der Mann mit dem Herzen im Auge.

Kamera stets im Anschlag. Der 1957 geborene Fotograf bekam seinen ersten Fotoapparat bereits mit elf Jahren und ist seiner Berufung folgend seit 1974 Berufsfotograf. In seiner Laufbahn als Filmfotograf lichtete er schon Schauspielgrößen wie Curd Jürgens und Alain Delon ab. Es liegt ihm viel daran, die Stimmungen der einzelnen Szenen einzufangen. Die meisten Aufnahmen in diesem Buch stammen von ihm.

Die Ausstattung

Einige Sets lassen sich durch bauliche Vorrichtungen schnell umwandeln. So ist beispielsweise das Wohnzimmer der Kirchleitners, auch Herrenzimmer genannt, zugleich das Schlafzimmer von Rosi und Joseph oder von Maria und Hubert. Die Wände sind durch eine selbstkonstruierte Vorrichtung zu wenden, und im »Handumdrehen« verwandeln sich die Zimmer so, wie der Regisseur sie gerade braucht.

Sogenannte Hintersetzer – große wandhohe Fotos von Außenansichten – sorgen dafür, dass es wirklich so scheint, als bekäme man die jeweilige Straße oder das gegenüberliegende Gebäude zu sehen, wenn eine Tür oder ein Fenster sich öffnet.

Auch die Einrichtung und die Ausstattung der einzelnen Zimmer sind sehr aufwändig. Ganze Lkw-Ladungen an Möbeln und Einrichtungsgegenständen mussten für die Sets organisiert und herangeschafft werden. Es ist unglaublich, wie viele Gegenstände nötig sind, um die richtige Atmosphäre zu erzeugen. Auch kleinste Dinge dürfen nicht übersehen werden, so zum Beispiel die Utensilien im Badewandschrank von Josephs Zimmer oder in Trixis Kosmetikstudio. Ganz zu Schweigen von der Unmenge an Produkten in Bambergers Apotheke. Und alles muss natürlich so drapiert und umetikettiert werden, dass keine unzulässige Werbung über den öffentlich-rechtlichen Bildschirm flimmert. Da kam selbst der Fundus des Bayerischen Fernsehens langsam aber sicher an seine Grenzen.

Die Abteilung Ausstattung ist natürlich schon weit im Vorlauf zu den tatsächlichen Dreharbeiten mit eingebunden, um die Anforderungen an die Ausstattung der Sets zu gewährleisten.

Ein Lansinger Telefonbuch für die Küche der Brunners – kein Problem für die Ausstattung. Auf den ersten Blick ist es für den Betrachter kaum zu unterscheiden, ob es sich um ein echtes Telefonbuch oder um ein Exemplar aus den Händen des Ausstatter-Teams um Heike Holder-Niedermeier handelt. Selbst eine Tageszeitung wie der »Baierkofer Kurier«, die in der Gaststube des Brunnerwirtes hängt, wird extra hergestellt. Da sind sogar alle Innenseiten mit Themen aus

Mike gibt seiner Tochter Saskia »private« Fahrstunden.

Die Macher von Lansing

Hier gibt es fast alles, was gesund macht oder gesund erhält. Dabei mussten viele sichtbare Arzneiverpackungen so beschriftet oder neu erfunden werden, das keine unzulässige Werbung erfolgt.

Lansing, Baierkofen oder Wangen bestückt. Und unter »zu vermieten« finden sich Angebote zur Vermietung oder Wohnungssuche, aus Lansing und Baierkofen, versteht sich. Da wird's einem ja schon beim Durchblättern ganz schwindelig, und die Grenze zwischen Fiktion und Realität verschwindet!

Doch selbst nach über anderthalb Jahren hat sich beim Ausstatter-Team noch keine Routine eingeschlichen. Immer wieder stellen die Drehbuchautoren die Ausstattung mit ihren Anforderungen vor neue Herausforderungen.

Eines Tages hieß es doch tatsächlich: Wir brauchen einen Friedhof! Eine zunächst schier unlös-

Das Hinterzimmer von Roland Bambergers Apotheke.

bare Aufgabe. Der Kontakt zu einem Steinmetz brachte schließlich die Lösung des Problems, denn dieser Steinmetz hatte die »Marotte«, dass er alte, nicht mehr gebrauchte Grabsteine nicht wegwerfen konnte. Er fand es einfach schade, die Steine aufgelöster Gräber irgendwelchen Steinmühlen zu opfern oder als Füllmaterial auf immer und ewig in Kiesweihern zu versenken. Und so gibt es jetzt auf dem Gelände in Lansing einen Friedhof mit echten Grabsteinen und Einfassungen.

Die Autos der Lansinger sind fast alle gekauft, nur einige werden geliehen. Der Kauf von Fahrzeugen war notwendig, denn sie müssen ja auf die Figuren bezogen immer dieselben sein und auf Anforderung fahrbereit zur Verfügung stehen. Die Kennzeichen BFN für Baierkofen sind natürlich »echt«, allerdings darf man damit nur in Lansing fahren. Mikes Abschleppwagen wurde dem BR vor Beginn der Produktion vor der Nase weggekauft, aber der Käufer, ein Oldtimerclub, leiht das Vehikel gern nach Bedarf an Mikes Autowerkstatt aus.

In einer Folge musste laut Drehbuch ein Bierfass durch unsachgemäßes Ausladen aus einem Fahrzeug leckschlagen und das unter Druck stehende Bier wie eine Fontäne aus dem Fass schießen. BR-Mitarbeiter Andreas Niedermeier hat Erfahrung im Umsetzen von Effekten, die auf Kommando funktionieren müssen. Wie die Sache mit dem Bierfass funktioniert, wird hier jedoch nicht verraten – nur so viel: Es war kein echtes Bier, denn das wäre viel zu schade gewesen.

Technik auf Knopfdruck: So funktioniert es wie am Schnürchen.

Michael A. Grimm und Wilhelm Manske nach der »Bierdusche«.

Die Abteilung Ausstattung ist auch für die Tiere zuständig. Und so sorgt Frau Holder-Niedermeier per Telefonanruf dafür, dass »Frau Gregor« auch pünktlich am Set erscheint.

Die Macher von Lansing

Das Kostüm

Das wirkliche Leben beim Film: Warten, bis alles bereit ist.

Für eine solche Produktion sind die Kostüme der Schauspieler sehr wichtig. Kostüme werden aus der Rollenbeschreibung heraus entwickelt und unterstützen so das Bild und die Dramaturgie, die das Drehbuch vorgibt. Weit über 1000 Bekleidungsstücke beherbergt der Lansinger Kostümfundus, der alle Jahreszeiten und alle Anlässe für alle Akteure abdeckt.

Die Arbeit in diesem Bereich kann nicht mit der für einen Kinofilm verglichen werden, denn es muss alles relativ schnell gehen. Auch hier ist die Arbeitsdichte sehr hoch. Eine Schneiderin ist vor Ort und kann kurzfristig agieren, wenn bestimmte Kleider einer Änderung bedürfen. Während des Drehs ist ständig eine Garderobiere am Set, die prüft, ob die Kostüme auch stimmen. Jedes Detail der Kleidung wird genau abgeglichen, damit es keine Anschlussfehler zur richtigen Kleidung der jeweiligen Szene gibt.

Durch den zeitlich bedingten Vorlauf der Serie steht oft ein Außendreh im »dünnen« Kostüm an. Auch hier sorgen die Kostümbildnerin Renate Schönian und Assistentin Olga Albrecht für wärmende Unterkleidung und für spezielle selbstwärmende Einlagen für die Schuhe der Schauspieler. Denn erkälten darf sich keiner, da es am nächsten Tag ja weitergehen muss und ein krankheitsbedingter Ausfall dramatisch wäre.

Die Maske

Senta Auth wird für ihre Rolle als Veronika geschminkt.

Bevor es zum Set geht, müssen alle Schauspieler zuerst in die Maske. Dort werden die Akteure drehbuchgemäß »hergerichtet«. Die Frisuren müssen stimmen und die Gesichter entsprechend geschminkt werden. Jeder Schauspieler hat seine eigene Schminktasche mit allen notwendigen Utensilien. Jede dieser Schminktaschen ziert ein Bild des Darstellers, wie er beim jeweiligen Dreh aussehen soll. So kann die Maskenbildnerin am Set nachbessern.

Die Lansinger Damenwelt sitzt übrigens oft erheblich länger in der Maske als die männlichen Kollegen. Fast so wie im richtigen Leben, oder?!

Während der Dreharbeiten wird, falls notwendig, nachgeschminkt.

Vom Fabrikgelände zum Filmdorf Lansing

Zwei Studios mit 700 Quadratmetern, dazu Räume für Redaktion, Produktion und ein großes Team, all das hätte in einem bereits bestehenden Gebäude des Bayerischen Fernsehens keinen Platz gefunden. In Unterföhring sind zwar die Bereiche für die Fernsehproduktion, insgesamt vier Studios mit jeweils ca. 600 Quadratmetern, aber der Platzbedarf für Lansing wäre auch dort nicht annähernd gedeckt worden. Die Produktion »Dahoam is Dahoam« brauchte also ein eigenes Zuhause.

An ein eigenes Dorf mit Außenkulissen in der jetzigen Form dachte anfangs niemand, nur die Vorgaben Innenset und Biergarten sollten erfüllt sein. Weil vom Planungsbeginn des Projekts bis zur ersten Klappe nur zweieinhalb Monate Zeit blieben, war der Gedanke an einen Neubau völlig unrealistisch. So wurden über 30 leer stehende Industriehallen in und um München besichtigt, doch in alle Gebäude und Liegenschaften hätte zunächst enorm viel Geld investiert werden müssen. Schließlich stand der zuständige Produktionsleiter Roland Weese schon kurz vor

Der Blick vom ersten Stock des Rathauses von Lansing.

Vom Fabrikgelände zum Filmdorf Lansing

Aus diesem Gebäude entstand die Kirche von Lansing.

dem Abschluss eines Mietvertrages für eine Halle mit Gelände in Aschheim. Doch das Areal und die Flächen waren zu klein und nicht optimal.

Da kam Väterchen Zufall zu Hilfe. Zwei Mitarbeiter des Bayerischen Fernsehens entdeckten auf ihrem Heimweg in Dachau ein verlassenes Fabrikgelände. Und dort fanden die Macher genau das, was sie brauchten: drei Industriehallen für große Studios und ein nur fünf Jahre altes Verwaltungsgebäude, das Platz für Masken- und Garderobenräume, für Büros und Requisitenlager bot. Sogar die für einen Biergarten benötigten großen Bäume im Freigelände standen in ihrer ganzen Pracht und Größe genau dort, wo sie gebraucht wurden. Aber war es wirklich geeignet?

Die erste Besichtigung der Verantwortlichen fand über den Zaun statt. Auf den ersten Blick machte das Gelände einen heruntergekommen Eindruck. Doch die Kastanienbäume für den Brunner'schen Biergarten waren echt und ein echter Glücksfall dazu und gaben mit anderen gewichtigen Argumenten schließlich den Ausschlag. Der Besitzer des Geländes wurde ausfindig gemacht, man einigte sich schnell, und schon am Abend des nächsten Tages wurde der Mietvertrag unterzeichnet.

Die Metzgerei, die in Lansing linker Hand steht, wurde später gebaut.

Mit dem Aufbau des Filmdorfs Lansing konnte aber nicht sofort begonnen werden, denn der Zustand des Geländes war alles andere als schön. Zunächst musste aufgeräumt werden. Aus den Fabrikhallen, die vor Jahren einen Produktionsbetrieb beherbergt hatten, wurden über 40 Tonnen Stahl ausgebaut. In den Gebäuden lagen der Schutt und der Dreck bis zu einem Meter hoch, und das vermüllte Grundstück musste erst einmal gesäubert werden, ehe man dort überhaupt etwas Neues aufbauen konnte. Während des Bauens zeigte sich schnell, erzählt Roland Weese, dass das Gelände fortan eine sichere Einzäunung brauchte. Manch dunkle Gestalt ließ diverse Baumaterialien quasi über Nacht verschwinden oder beachtete das Hausrecht nicht, sodass der BR in Folge gezwungen war, das Gelände entsprechend bewachen zu lassen.

Aber nun wurde das Fabrikgelände endlich von den Ausstattungsbetrieben aus seinem Dornröschenschlaf geweckt.

Die Ausstatter und Szenenbildner Heike Holder-Niedermeier, Katrin Steck und Laurenz Brüning waren die ersten Gestalter und Modelierer von Lansing. Sie entwarfen Szenenbildner, zeichneten und entwickelten die liebevollen Details der Fassaden, vom Fenstersims über Fensterläden bis hin zur maßgerechten Definition von Dachüberständen und allerlei Zierrat. Balken wurden gesetzt und Stützmauern eingezogen, Häuser wurden drehbuchgerecht umgebaut und hergerichtet, Türen und Fenster zugemauert und an anderer Stelle wieder eingefügt. Die

Der ursprüngliche Zustand. Im Hintergrund die Apotheke von Roland Bamberger und links der Brunnerwirt. Was hier noch fehlt, ist die Metzgerei. An der Hauswand des Brunnerwirtes wurden dafür zwei Überseecontainer gestapelt. Wände und Dach wurden später anmodelliert.

Dächer der Gebäude mussten teilweise neu gedeckt werden. An anderer Stelle wurden die Fassaden so behandelt, dass sie etwas »verwittert« und nicht neu aussahen. Alte Überseecontainer wurden übereinandergestellt, von außen Wände angebracht und verputzt, ein Dach aufgesetzt, und fertig war die Metzgerei Brunner. Sogar die Kirche musste nachträglich nochmals mit einer anderen Farbe gestrichen werden, um sie der Kirche in Tettenhausen farblich anzupassen. Denn bei den Außenaufnahmen, in denen man Lansing manchmal aus der Ferne sieht, handelt es sich um den Ort Tettenhausen, der am Zusammenstoß von Waginger See und Tachinger See liegt. Die Planung und Umsetzung erfolgte im wahrsten Sinn des Wortes Hand in Hand. Nur durch die Kompetenz des BR und seiner Fachabteilungen war es möglich, für das Projekt den gewissen detailverliebten Charme für eine perfekte Illusion zu erzeugen. Um bestimmte Wände der Innensets drehen zu können, wurden kurzerhand von dem langjährigen Profi der BR-Ausstattung, Andreas Niedermeier, spezielle Vorrichtungen entwickelt und gebaut.

Auf dem Gelände einer ehemaligen Feinpappenfabrik entstand in der Rekordzeit von nur zweieinhalb Monaten das Dorf Lansing mit allem, was zu einem bayerischen Dorf gehört:

Schwer zu erkennen: Die Werkstatt von Mike Preissinger

Vom Fabrikgelände zum Filmdorf Lansing

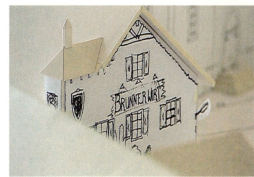

Erste kleine Modelle aus Papier halfen bei der Planung von Lansing mit.

Marktplatz, Maibaum, Kirche, Apotheke, Autowerkstatt mit Tankstelle und natürlich einem Gasthof.

Die Ausstattungsabteilung des Bayerischen Fernsehens setzte das Projekt in kürzester Zeit um. Mehr als 30 Maler, Maurer, Schreiner und andere Handwerker arbeiteten teilweise rund um die Uhr. Startschuss für den Umbau vom Fabrikgelände zum Filmdorf war der 1. Juni 2007, die erste Klappe fiel bereits am 14. August 2007. In dieser Zeit mussten nicht nur die Innensets in den Studios gebaut werden, sondern auch das komplette Dorf mit Marktplatz, Maibaum, Gasthaus, Kirche, Autowerkstatt, Kosmektikstudio und Apotheke.

Produktionsleiter Roland Weese ist seit fast 40 Jahren beim Bayerischen Fernsehen, aber noch nie wurde in so kurzer Zeit ein Set von solchen Dimensionen erstellt.

Sets in drei Hallen und eine komplette, weitläufige Außendekoration innerhalb von zwei Monaten auf die Beine zu stellen, das grenzt schon an ein kleines Wunder, dass man im Nachhinein in lobender Weise als ein kleines »Husarenstück« bezeichnen könnte. »Viele Fachleute hielten die Umsetzung in so kurzer Zeit für unmöglich«, sagt der vor Ort zuständige BR-Werkstättenleiter Andreas Niedermeier. Sogar Asphaltier- und Pflasterarbeiten waren notwendig, und es stellte sich die Frage: Wo bekommt man mitten im Sommer von heute auf morgen Maurer her? Aber die Mannschaft war hoch motiviert und alle zogen an einem Strang. Probleme wurden auf dem kleinen Dienstweg meist kreativ und unkonventionell gelöst. Im Bauverlauf waren schnelle und richtige Entscheidungen gefragt. Und in der Summe gesehen waren die Aufgaben für alle Beteiligten neu. Denn wann baut man schon mal ein ganzes Filmdorf auf?

Am Anfang stand das Modell.

Streifzug durch die bayerische Gesprächskultur

Bei »Dahoam is Dahoam« wird »boarisch gred«, jedenfalls von den meisten Figuren. Die bayerische Sprache ist ohne Zweifel ein kultureller Wert, der erhalten bleiben muss. Den Ausspruch »Ja, wo samma denn?« hört man nur in Bayern. So drückt der Bayer einen verärgerten, aber bestimmenden Ordnungsruf oder Einspruch aus. Wenn jemand in Bayern als »Hund« tituliert wird, dann erhält derjenige eine der höchsten Anerkennungsäußerungen: »Du, des is a Hund!« Beim Dialekt fängt die gesprochene Sprache an.

Dass nicht alle in Bayern bayerisch sprechen, ist eine Tatsache. Es ist aber kein Missstand. Denn Bayerisch und Deutsch sind keine Gegensätze. Bayern ist »Laptop und Lederhose«, Moderne und Tradition! Nur, wer eigentlich kein Bayer ist und den Dialekt, besser die bayerische Sprache, nicht beherrscht, sollte es lieber ganz lassen oder sich redlich um die richtige Aussprache bemühen. Die bayerisch sprechenden Bayern selbst sollten hingegen viel mehr zu ihrem Dialekt stehen und versuchen, ihre Sprachkultur bodenständig zu transportieren.

Doch Bayerisch ist nicht gleich Bayerisch. Es gibt kein »genormtes« Bayerisch, die bayerische Sprachform ist regional sehr unterschiedlich ausgeprägt. Jeder Bayer wird zunächst sein Bayerisch als das richtige ansehen. Doch ein Dialekt ist das Individuellste, was ein Mensch überhaupt haben kann.

In Lansing wird eine Art »Verkehrsbayerisch« gesprochen, meint Volksschauspieler Werner Rom. Werner Rom weiß, weshalb die Menschen so stark an ihrem Dialekt hängen. Er bedeutet für sie nicht nur Vertrautheit und Nähe, sondern erhält auch Klangfarben und Formen des Denkens und Sprechens, für die die Hochsprache keinen oder nicht genug Raum bietet, weil sie in viel höherem Maße Mittel der Information und öffentlichen Kommunikation ist.

Bayerisch ist der beliebteste deutsche Dialekt, wie neueste Umfragen von Meinungsforschungsinstituten zeigen. Und die Bayern sind auch am stärksten von ihrer eigenen Mundart oder ihrem Dialekt angetan. Ein Umstand, den auch jene bayerischen Landsleute erkennen sollten, die nicht gerne auf »frischer Mundart« ertappt werden. So ist in manchen Regionen Bayerns das Bayerische bei vielen Jugendlichen Kult, denn: »'s Boarische is oafach kiazer.«

Im Hochdeutschen hat der Satz »Das geben sie dir nicht.« sechs Silben, das bayerische Pendant »Des gems da ned« nur vier. In einer Welt

Streifzug durch die bayerische Gesprächskultur

der allgemeinen Beschleunigung ein zweifellos hübsches Pfund für den Dialekt. »Boarisch, des konnst ned lerna, ned studier'n, des muasst im Herz'n drin spürn«, lautet ein Reim von Herbert Schneider. Nur über den bayerischen Dialekt lassen sich die bayerischen Gemütslagen ausdrücken und kann der Bayer sagen, was er wirklich meint und fühlt.

Große Bedeutung für die Pflege der Mundart kommt neben Schule, Wissenschaft und Heimatpflege den öffentlich-rechtlichen Medien zu. Der Bayerische Rundfunk fühlt sich in zunehmendem Maße verpflichtet, bayerische Identität zu stiften und zu erhalten und dabei immer wieder hörbar zu machen, dass bayerische Dialekte diese Identität wesentlich prägen. Dies gilt für den Hörfunk wie fürs Fernsehen, und beide Medien werden auch weiterhin Redensarten und Dialekte aufnehmen und wiedergeben in Berichten, Moderationen und Kommentaren.

Der Förderverein Bairische Sprache und Dialekte e.V. hat ein offenes, vertrauensvolles Verhältnis zu den Machern von »Dahoam is Dahoam«. Auf Einladung des Bayerischen Fernsehens kam es zu einem Gespräch mit den Verantwortlichen, bei dem eine Zusammenarbeit zur Anwendung

> Jede Region liebt ihren Dialekt, sei er doch eigentlich das Element, in welchem diese Seele ihren Atem schöpft. (Johann Wolfgang von Goethe)

bayerischer Aussprache und bayerischer Redewendungen vereinbart wurde. Und das blieb nicht nur eine Floskel, denn beide Seiten haben erkannt, dass sie so das Beste für die beliebte Serie erreichen können. Dabei haben die Ansprechpartner des Fördervereins natürlich auch Verständnis für bestimmte Zwänge, die mit einer solchen Produktion verbunden sind. Gerhard Holz vom Förderverein beschreibt es so: »Es war eine gegenseitige Handreichung zur sprachlichen Basis Bayerns! Der regelmäßige Kontakt und die Gespräche leisten einen Beitrag, die Serie sprachlich echter und bayerischer zu machen.«

»Wen Gott lieb hat«, sagte Ludwig Ganghofer einmal, »den lässt er fallen in dieses Land.« Damit hat er zunächst zwar nur das Berchtesgadener Land gemeint, doch gilt dieser Spruch inzwischen als eine Art Passepartout für ganz Bayern, das einem volkstümlichen Lied zufolge an einem Sonntag entstanden sein muss.

Lang mussten sie warten: Hochzeit von Joseph Brunner und Rosi Kirchleitner.

Ein »boarischer« Anhang

A gloane Huif füa de, de wo ned vo do san

> Boarisch ♥ Versuch einer Erklärung im Hochdeutschen.

A Bagl Waatschn is glei aufgmachd. ♥ Androhung von Schlägen ins Gesicht.

A bissl wos gähd oiwei. ♥ Ein bisschen was geht immer voran.

Acht schnäie Hoiwe machand schee langsam aran scheena Rausch. ♥ Von acht schnell getrunkenen Halbliterglässern Bier bekommt man langsam, aber sicher einen ordentlichen Rausch.

A gscheida Schmei, scheckt oiwei. ♥ Ein vergleichsweise hochwertiger Schnupftabak bekommt immer.

A Guada hoits aus und um an Schlechdn is ned schod. ♥ Ein guter Mensch hält das aus, und um einen schlechten Menschen ist es ohnehin nicht schade.

A laara Brunna gibd koa Wassa. ♥ Wo nichts drin ist, kommt auch nichts raus.

Anam gschengdn Gaul schaud ma need ins Maul. ♥ Wenn man etwas geschenkt bekommt, prüft man nicht die Qualität nach, sondern gibt sich zufrieden.

An krumma Nogl keen i glei weg. ♥ Eine Ungereimtheit erkenne ich sofort.

A richtiga Kirta, dauert bis zum Irta, es ko se aa schicka bis zum Migga. ♥ Ein richtiges Kirchweihfest dauert bis zum Dienstag, es kann auch bis zum Mittwoch andauern.

A Schdiafmuada is am Deife sei Untafuada. ♥ Bezeichnung einer Stiefmutter auf höchst negative Weise.

As Heiradn und s'Schlienfahn muass schnäi geh. ♥ Mit der Überlegung, ob man heiraten will oder nicht, soll man nicht lange herumfackeln.

As letzde Hemd hod koane Daschn. ♥ Wenn man stirbt, kann man nichts mitnehmen.

Auf an oidn Radl leand mas Fahrn. ♥ Mit der Rückbesinnung auf alte Werte lernt man.

Aufm Berg oda im Doi, singa deama überoi. ♥ Wir singen und sind lustig an jedem Ort.

Auf zwoa Hochzeitn kon ma need danzn. ♥ Erklärung, dass man immer nur einen Termin zur selben Zeit wahrnehmen kann.

Auf zwoa Hochzeitn soi ma need danzn. ♥ Erklärung, dass man nur einen Termin zur selben Zeit wahrnehmen soll.

Aus, Epfe, Amen. ♥ Der absolut bestimmende und abschließende Ausdruck einer vorangegangenen Meinungsäußerung oder Anweisung.

Ein »boarischer« Anhang

Aus is und gor is und schod is, dass das wor is. ♥ Ausdruck des Bedauerns über eine schöne Angelegenheit oder eine schöne Sache oder Darbietung, die zu Ende gegangen ist.

Bläd deaf ma scho sei, bloß zhäifa muass ma se wissn. ♥ Das eigene Unvermögen kann durch Improvisation und Kreativität wieder wett gemacht werden.

D'Hauptsach da Ranzn schbannd. ♥ Viel und gut essen und trinken ist wichtig.

Di mog need amoi da Deife, sunsd häd a di scho lang ghoid. ♥ Absolut ablehnende Haltung gegenüber einem Zeitgenossen, mit dem man in argem Streit liegt.

D'Katz frissd d'Meis, i mogs need. ♥ Äußerung über ein Thema oder zu Speisen, zu denen man eine sehr ablehnende Haltung hat.

D'Leid reedn und de Hund bäin. ♥ Lass die Leute doch reden.

D'Leid reedn vui, wenn da Dog lang is. ♥ Ausdruck, um ein Gerücht über sich oder andere zu relativieren.

D'Leid waarn ja need schlechd, aba d'Menschen. ♥ Der nähere Personenkreis ist nicht schuld oder schlecht, aber die Menschen im Allgemeinen.

D'Liab hod an kurzn Fon und s'Leem dauad lang. ♥ Die erste oder übertriebene Liebe hat nur eine kurze Zeitdauer, denn das Leben dauert länger.

Dobbed gnahd hoit bessa. ♥ Eine doppelt verstärkte Ausführung einer Sache oder eine doppelt abgesicherte Vorbereitung eines Vorhabens hält besser oder macht sie sicherer.

Dreimoi umzogn is oamoi obbrennd. ♥ Zieht man dreimal um, dann entspricht die verbleibende Qualität der Möbel derer, als wenn diese einmal verbrannt worden wären.

Drei Sachan de siech i am liabstn ganz klar, an Himme, as Biar und anderer Leid Augn. ♥ Ein Blick in die Augen anderer Menschen verrät oft viel.

Do beißds aus. ♥ Ausdruck, wenn man selbst oder ein anderer nicht mehr weiter weiß. Auch Eingeständnis des eigenen Unvermögens oder der Inkompetenz.

Da dümmste Baua hod de gräßtn Kardoffin. ♥ Wenn jemand dumm ist, aber dennoch Erfolg hat.

Da Ehschdand is a Wehschdand. ♥ Verheiratet sein ist nicht immer leicht.

Do fäids ja um de ganz Neihausa Schdraß. ♥ Ausdruck für ein verfehltes Maß an Genauigkeit für Sachen oder Wissen.

Dafroan san scho vui, aba daschunga is no koana. ♥ Wenn die Gerüche eines Zeitgenossen auf dessen mangelnde oder gar nicht vorhandene Körperpflege hinweisen.

Da Gast und da Fisch schdingan am dritt Dag. ♥ Besuch sollte man möglichst zu Beginn des dritten Tages wieder loswerden.

Da Gscheidare gibd noch und da Esl foid an Boch. ♥ Man gibt in einem Streit nach, aber demjenigen, dem man nachgegeben hat, prophezeit man schon jetzt das Scheitern.

Da Herr gib eahm de ewige Ruah und Mass Bia dazua. ♥ Ausdruck der Trauer über einen verstorbenen Stammtischbruder.

Dahoam schdeam d'Leid. ♥ Wird demjenigen entgegnet, der beklagt man sei selbst nur noch außer Haus unterwegs.

Do hockan de do, de oiwei do hockan. ♥ Oft verwendete Inschrift einer Tafel, die an Stammtischen zu finden ist.

Do legsd de nieda und schdähsd nimma auf. ♥ Ausdruck der absoluten Überraschung.

Do machsd wos mid, bisd Großvadda bisd. ♥ Das Leben stellt einen vor so manche Prüfung.

Da Oba schdicht an Unter. ♥ Derjenige, der in einer Hierarchie weiter oben steht, hat das letzte Wort.

Da Rausch vagähd, de Dummheit bleibd. ♥ Einmal Dumm, immer dumm.

Do schaugsd mim Ofarohr ins Gebirg. ♥ Ausdruck über einen aussichts- und ergebnislosen Situationszustand.

Da Summa is umma. ♥ Der Sommer ist vorüber.

Dea saufd se o wiara Gwandlaus. ♥ Ausdruck für jemanden, der sich einem übermäßigen Alkoholgenuss hingibt.

Dea schaud drei wiarn Depp sei Breznsoizer. ♥ Ausdruck für den Gesichtsausdruck eines Dritten, nachdem dieser mit einer für ihn unangenehmen Sache konfrontiert worden ist.

Dea wo d'Arwad erfund hod, ghead heid no daschlong. ♥ Ausdruck für das Missfallen an der Existenz der Arbeit.

Dees gähd auf koa Kuahaut. ♥ Ist der Verdruss über eine Sache oder Verhalten einer anderen Person ziemlich groß, so ist der Bedarf an Fläche, auf der man den Verdruss aufschreiben möchte, größer als eine Kuhhaut.

Dees hod an Deife gsägn. ♥ Wenn eine Sache oder eine technische Einrichtung nicht beherrschbar ist oder nicht funktioniert. Ausdruck einer Unwägbarkeit.

Dees is füa de Katz. ♥ Die Bemühung oder Arbeit ist oder war völlig umsonst.

Dees is ghupft wia gschbrunga. ♥ Ob man eine Sache auf diese oder eine andere Weise betrachtet oder angeht, ist völlig ergebnisneutral.

Dees is so sicher wias Amen in da Kiach. ♥ Unterstreichender Ausdruck für eine abgeschlossene Meinung über einen in zukünftigen Vorgang.

Dees is so unwichtig wiara Gropf. ♥ Ausdruck für eine Sache oder einen Vorgang, der als völlig unwichtig und unnötig betrachtet wird.

Dees mog i scho, wenn's Oar gscheida is, wia d'Heena. ♥ Ausdruck des Missfallens für die abweichende Meinung eines Untergebenen.

Dees scheich i wia da Deife s'Weihwassa. ♥ Ausdruck einer stark ablehnenden Haltung zu einer Arbeit oder Angelegenheit.

De hamma's Graud sauber ausgschütt. ♥ Unmutsäußerung und ablehnende Einstellung zu weiteren Gesprächen oder zur Zusammenarbeit gegenüber anderen Personen.

De is so dürr, dass da Doad gega sie a Schbecksau is. ♥ Missbilligender Vergleich und Beschreibung eines menschlichen Körpervolumens.

De Liag wiegd fümf Zentner. ♥ Ausdruck über die Schwere einer Lüge.

De oan san wia de andan und de andan wia de oan. ♥ Vergleichender Ausdruck über Sachen oder Personen mit ergebnisneutralem Bewertungsausgang.

De oidn Schdrick hoitn oiwei no a bissl. ♥ Ausdruck für einen älteren Zeitgenossen, der durchaus noch zu stabilen Leistungen fähig ist.

Du konnsd lang reedn, es kosd mi nix. ♥ Es ist mir egal, was der andere sagt.

Der is dümma wiara Pfund Soiz. ♥ Beschreibung eines an Dummheit nicht zu übertreffenden Zeitgenossen.

Di schaugsd aus wiara Schweibal wenn's blitzd. ♥ Bezeichnung eines Überraschungszustandes einer anderen Person.

Du schbinnsd ja vom Boa weg. ♥ Ausdruck für die strikte Ablehnung einer anderen Meinung, begründet mit körperlich tief sitzenden, nicht nachvollziehbaren Verhaltensweisen.

Du und da oa, es miassds schäia doa, sunst seids znaxd alloa, du und da oa. ♥ Mit Nachdruck geäußerter Versuch einer persönlichen Motivation, verbunden mit angedrohten Konsequenzen.

Entahoi am Boch leem a no Leid. ♥ Ausdruck für den Versuch, über den Tellerrand hinauszublicken.

Ein »boarischer« Anhang

Füan Duaschd gibds a Wassa, nua füa d'Dummheit gibds nix. ♥ Für die Bekämpfung der Dummheit gibt es kein Mittel.

Grün und blau is an Deife sei Frau. ♥ Ausdruck für eine sehr stark und recht bunt geschminkte Frau.

Ham dia d'Heena s'Hirn ausgscharrt. ♥ Ausdruck für große Verständigungsschwierigkeiten mit dem Gegenüber.

Heign muass ma, wann s'Heiweda is. ♥ Bestimmte Dinge muss man zur rechten Zeit erledigen.

Hock di hera, dann samma mehra. ♥ Ausdruck für die freundschaftliche Aufforderung, am Tisch Platz zu nehmen.

I daad ja so vui wissen, wenn's ma bloß eifoin daad. ♥ Eigentlich bin ich schlau, aber …

I glaab nua, dass a Pfund Fleisch a guade Suppm gibd, sunsd nix. ♥ Ausdruck der Annahme, dass die wirkliche Wahrheit sich ausschließlich im kulinarischen Bereich bewegt.

So genga de Gang. ♥ Absolut kürzester Ausdruck der Kurzfassung einer Erklärung.

Ja häa de Berg, desto scheena de Gams, je schiacha de Weiba, desto gamsiger sans. ♥ Vergleich über Natur, Tiere und das weibliche Geschlecht.

Mim Huad in da Hand, kummd ma durchs ganze Land. ♥ Mit einem gewissen Maß an Höflichkeit kommt man gut durch das ganze Land oder Leben.

Ois is vagänglich, nua da Kuaschwanz der bleibd länglich. ♥ Tröstender Ausdruck, dass die jetzige Situation auch einmal vorbeigehen wird.

So wias is, so is, und wenn's anders is, na is aa so wias is. ♥ Aufforderung, eine Sache einfach so hinzunehmen, wie sie ist.

Schwoamas obe. ♥ Aufforderung zum Anstoßen und Trinken, um damit das gerade besprochene Thema zufriedenstellend oder ergebnisneutral zu erledigen.

Umasunds is da Doud und der kosd s'Leem. ♥ erklärender Ausdruck, wenn eine Sache unerwarteterweise nicht kostenlos oder gratis ist.

Was ma need im Kopf had, dees muass ma in de Fiaß ham. ♥ Ausdruck der eigenen Vergesslichkeit oder der eines Dritten, die durch Wiederholung eines Ganges auszugleichen versucht wird.

Wea zoid, schaffd o. ♥ Wer zahlt, der bestimmt auch, wie und was wann gemacht wird. Auch ein Hinweis darauf, wer der Chef ist.

Wia da Acka, so de Ruam, wia da Vadda, so de Buam, wia Dochda, so Muada oder no a gräßas Luada. ♥ Bayerisches Pendant für: Der Apfel fällt nicht weit vom Stamm.

Wia da Herr, so s'Gscherr. ♥ Der Fisch stinkt vom Kopf her.

Wia da Umgang, so da Heagang. ♥ Den eigenen angestrebten Zielen und Wünschen angepasstes Benehmen zahlt sich im Ergebnis immer aus.

Wia mas machd is vakead. ♥ Jedem Recht getan, ist eine Kunst, die niemand kann. Verzweifelte Äußerung über eine von außen kritisierte oder missbilligte Handlung oder Meinung.

Zwoa Quadratmetta glangan auf d'Letzd, a so is an Menschn aufgesetzd. Drum woas i nix Bessas, nix Feinas, wiara Biar und a Schweinas. ♥ Beispiel für eine typisch bayerische Lebensanschauung …

Impressum

Einen herzlichen Dank für die Unterstützung und Mitarbeit an:
Prof. Dr. Gerhard Fuchs, Fernsehdirektor des Bayerischen Rundfunks
Jens Puppe, Telepool, München
Bettina Reitz, Leitung Programmbereich Spiel-Film-Serie, BR
Caren Toennissen, Redaktionsleitung Serien im Ersten, BR
Daniela Boehm und Veronika Gruber, Redaktion »Dahoam is Dahoam«, BR
Veronika Henkel, Programm-Marketing Bayerisches Fernsehen, BR
Markus Schmidt-Märkl, Ausführender Produzent, Polyscreen/Constantin Television
Tobias Siebert, Chefautor von »Dahoam is Dahoam«
Tassilo Forchheimer, Presse und Bildarchiv, BR
Regina Payenberg-Zeitler, Bildarchiv, BR
Roland Weese, Produktionsleitung, BR
Dem gesamten Produktionsteam von »Dahoam is Dahoam«
Förderverein Bairische Sprache und Dialekte e. V., München
Sabine Klingan, J. Berg Verlag, München
Dank auch allen Lansinger Mitbürgerinnen und Mitbürger für die freundliche Aufnahme

Quellennachweis:
Bayerischer Rundfunk, Bayerisches Fernsehen
BR-Online
Förderverein Bairische Sprache und Dialekte e. V., München

Unser komplettes Programm:
www.j-berg-verlag.de

Produktmanagement: Sabine Klingan
Lektorat: Britta Mümmler, München
Corporate Design: Bayerischer Rundfunk
Layout und Satz: Buchwerkstatt GmbH, Bad Aibling
Repro: Repro Ludwig, Zell am See
Umschlaggestaltung: Bayerischer Rundfunk
Herstellung: Thomas Fischer
Printed in Italy by Printer Trento S.r.l.

Alle Angaben dieses Werkes wurden vom Autor sorgfältig recherchiert und auf den aktuellen Stand gebracht sowie vom Verlag geprüft. Für die Richtigkeit der Angaben kann jedoch keine Haftung übernommen werden. Für Hinweise und Anregungen sind wir jederzeit dankbar. Bitte richten Sie diese an:
J. Berg Verlag
Postfach 400209
D-80702 München
E-Mail: lektorat@j-berg-verlag.de

Bildnachweis:
Bild: BR/Marco Orlando Pichler
Umschlagvorderseite: Die Schauspieler in Lansing
Umschlagrückseite: Die Familien Brunner, Kirchleitner, Preissinger und die Lansinger Stammtischrunde

Deutsche Nationalbibliothek – CIP-Einheitsaufnahme
Ein Titeldatensatz für diese Publikation ist bei der Deutschen Nationalbibliothek erhältlich.

© 2009 PolyScreen Produktionsgesellschaft und Bayerischer Rundfunk,
Lizenz durch TELEPOOL GmbH – Alle Rechte vorbehalten –
© 2009 J. Berg Verlag im C.J. Bucher Verlag GmbH, München
ISBN 978-3-7658-4267-2